JN067028

3分で読める！
コーヒーブレイクに読む喫茶店の物語

『このミステリーがすごい！』編集部 編

宝島社
文庫

宝島社

3分で読める!

コーヒーブレイクに読む喫茶店の物語

『このミステリーがすごい!』編集部 編

宝島社

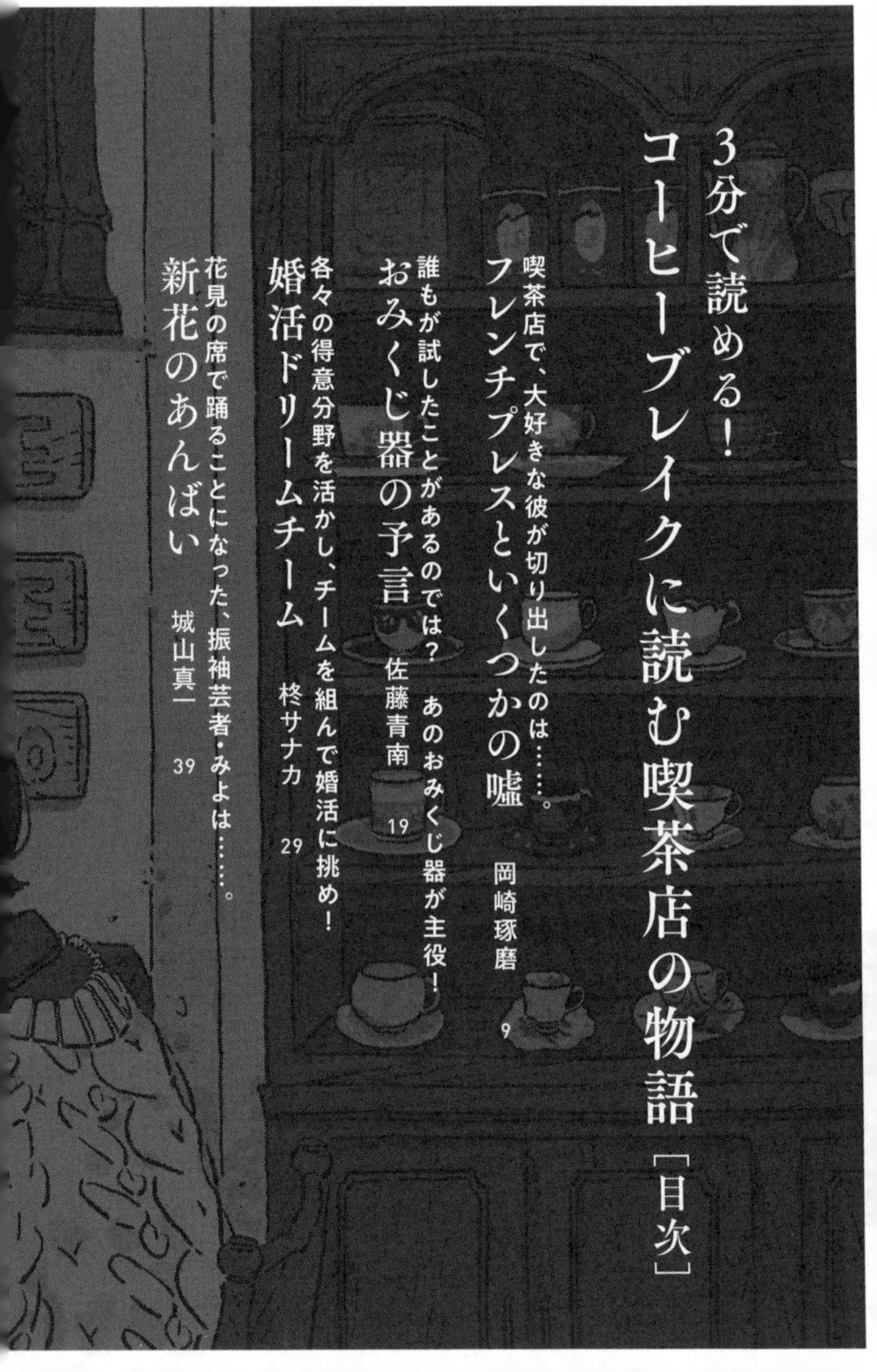

3分で読める！

コーヒーブレイクに読む喫茶店の物語

［目次］

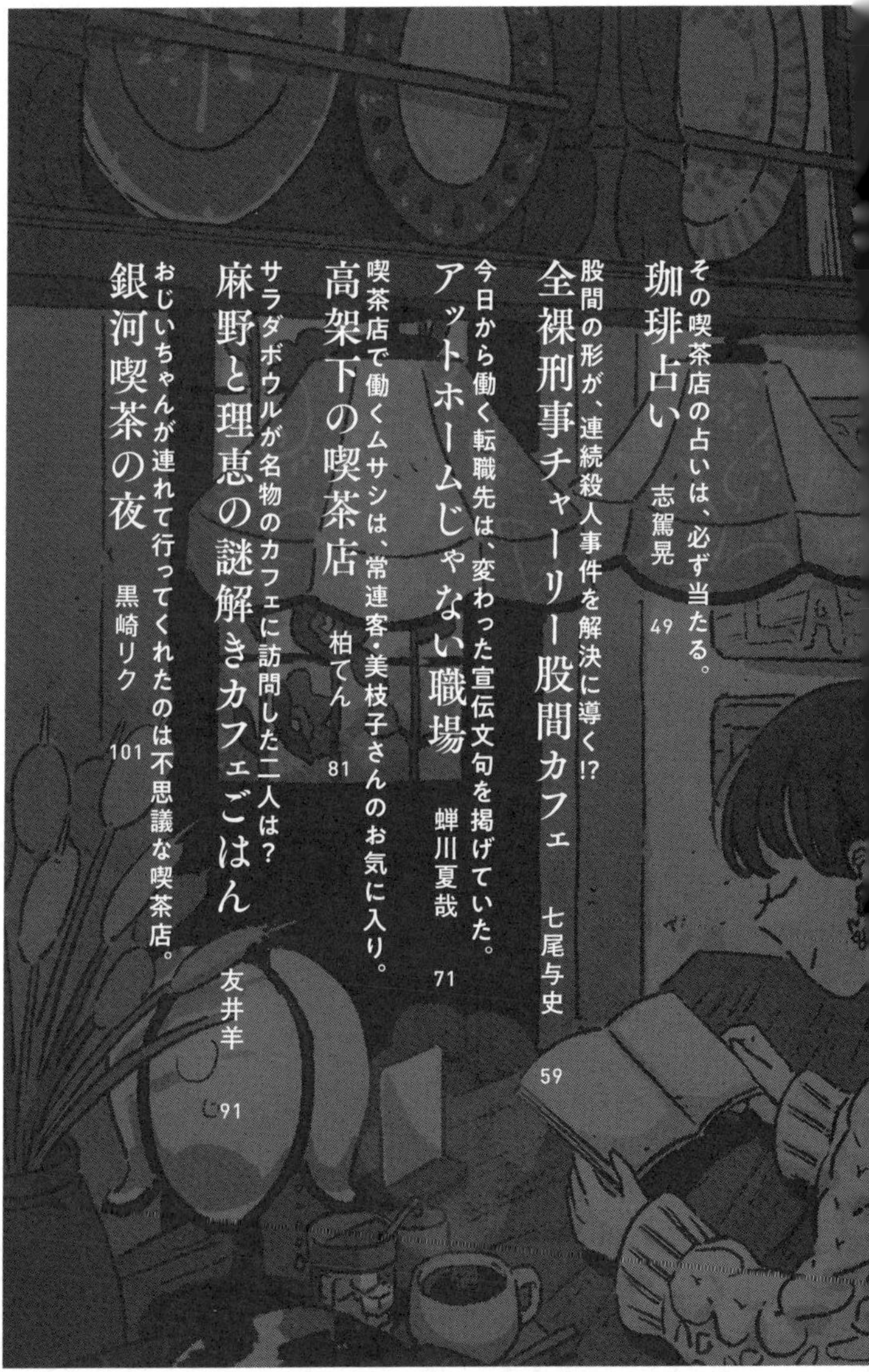

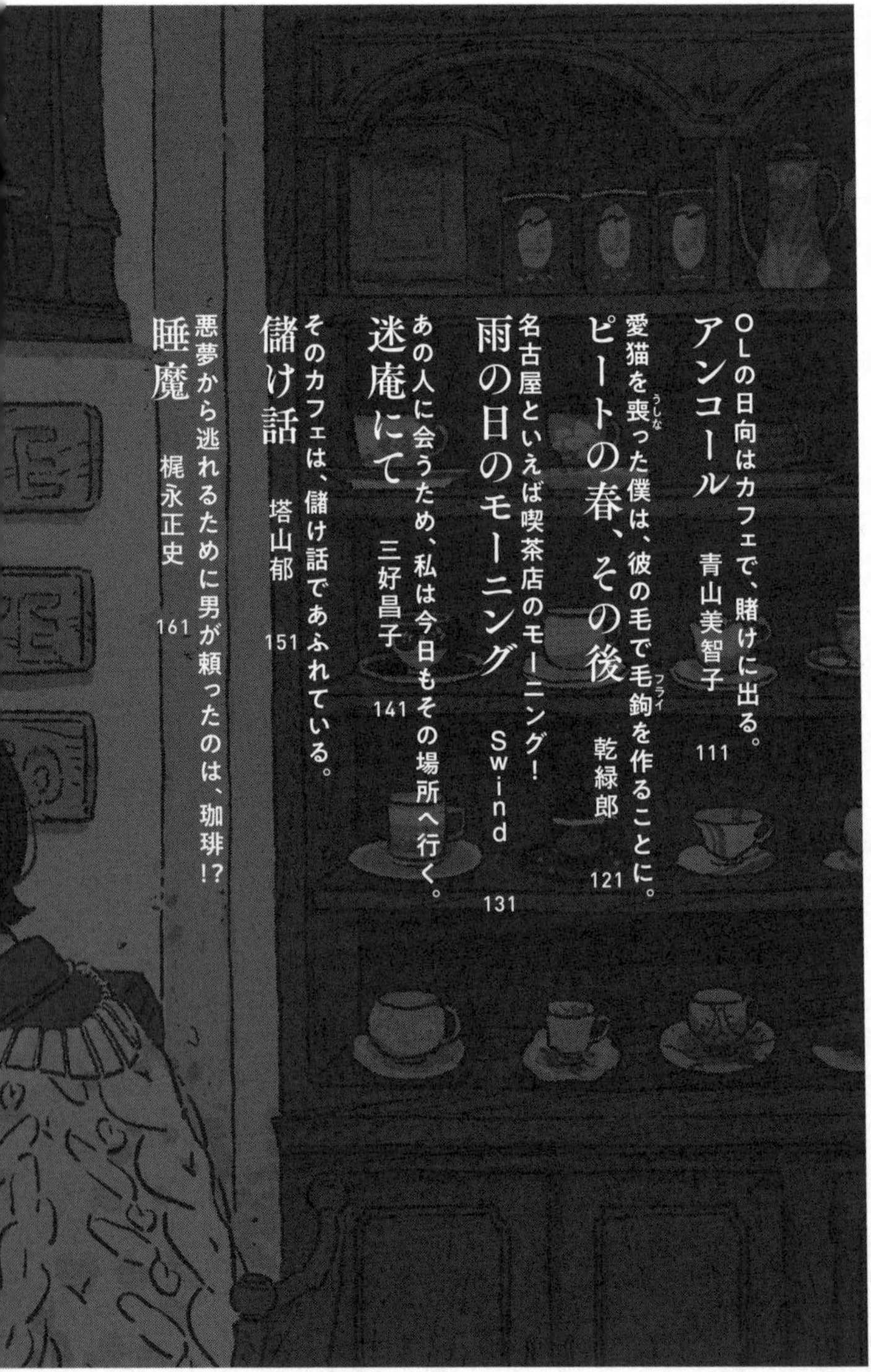

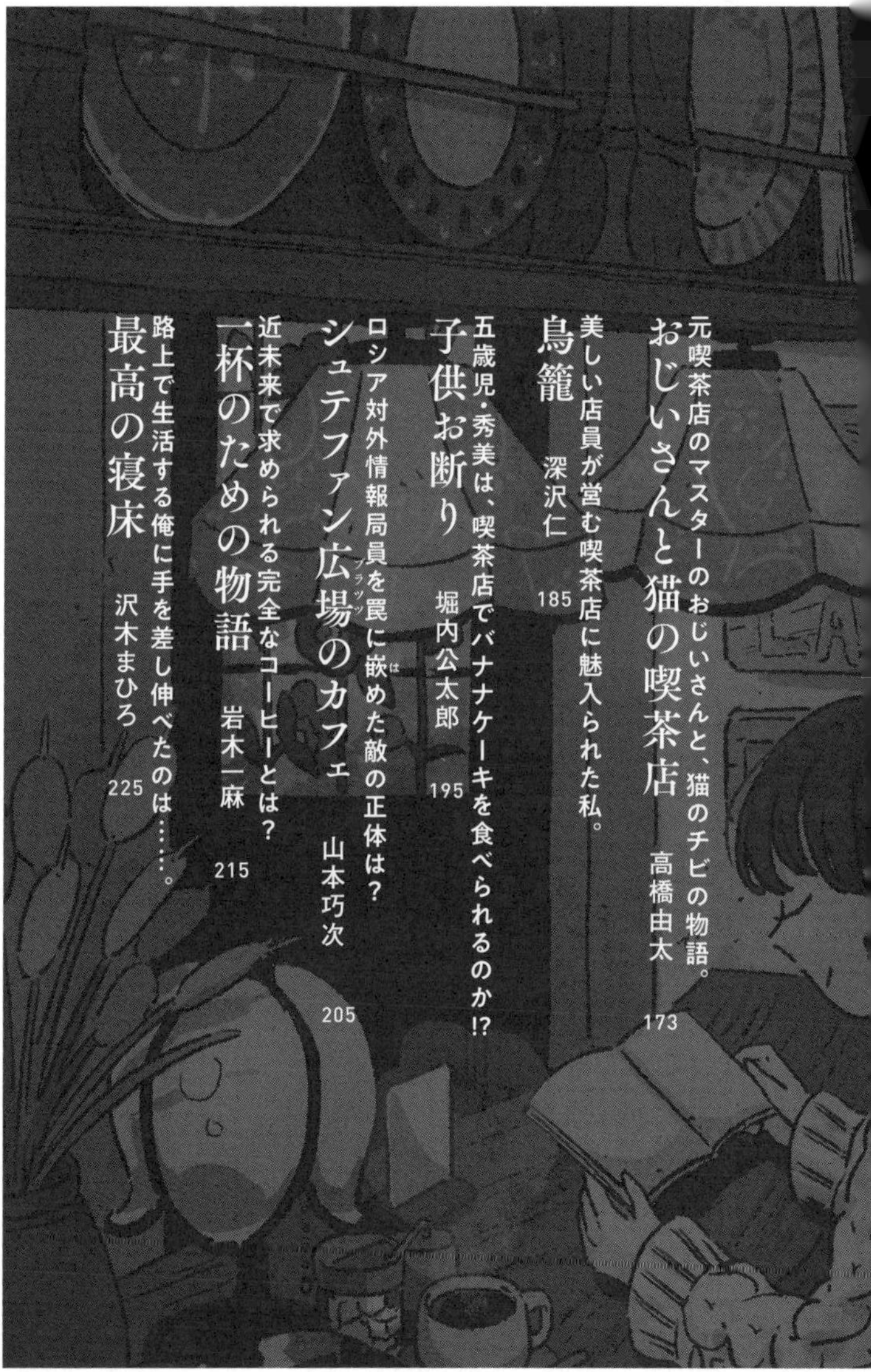

フレンチプレスといくつかの嘘

岡崎琢磨

話がある——そう言われた瞬間から、予感はしていた。

私が籍を置いている、大学の薬学部の研究室にいるときに、彼から突然電話がかかってきた。いまから会えないか、なんて台詞《せりふ》は、いつもなら犬が尻尾《しっぽ》を振るように喜んだのに、今日ばかりは耳をふさいで逃げ出したくなった。

京都市内の、繁華街からは少し離れた喫茶店を指定された。静かな店だから落ち着いて話ができる、と。ただ話をするだけなのに落ち着く必要があるのだな、と思った。彼が落ち着きたいのか、それとも私に落ち着いていてほしいのだろうか。

夕方、彼は待ち合わせの時間に少し遅れてやってくると、私の姿をテーブル席に見つけ、向かいの椅子に座った。そして注文した二杯のコーヒーが届くなり、案の定、別れ話を切り出した。いわく、ほかに好きな人ができた。きみとはもう会えない。こんなことになってしまって、申し訳ないと思っている——。

一年近く付き合った。学生の私とは違い、年上の社会人らしく振る舞いがスマートでありながら、ときおり子供じみた部分をも見せる彼のことが私は大好きだった。仕事が忙しくてなかなか会えなかったり、自称潔癖症で自宅に上げてくれないばかりか私の自宅に来ても必ずその日のうちに帰ったりと、不満なところも少なからずあったけれど、一緒にいると欠点すらも愛《いと》おしいと思えた。彼と別れるくらいなら、死んだほうがマシ。本気でそう感じる瞬間さえあった。

彼の話を聞き終えても、私は何も言えなかった。別れを了承することも、反対に引き止めることもできず、うつむいて浅い呼吸を繰り返していた。沈黙が気まずかったのか、彼はカップに入ったコーヒーの四分の三くらいを飲んでしまうと、ちょっとトイレ、と言って席を立った。

もともとよおしてなどいなかったのだろう、一分ほどでトイレから戻ってきた彼に、私は言った。

「最後にひとつ、質問させて」

「何?」

「正直に答えてほしい。あなた、私と結婚しようと考えたことが一瞬でもあった?」

彼は弱ったように微笑《ほほえ》んだ。

「あったよ。好きだったからね」

私は再び黙った。彼はため息をつき、コーヒーカップを持ち上げた。

「――お客様」

そのとき、小柄な女性の店員に声をかけられ、彼は動きを止めた。

「何ですか」

「そちらのコーヒーですが、今日はこのフレンチプレスという器具でお淹《い》れしました」

店員の手には、円筒形のガラスの容器にフィルターと取っ手がついた、コーヒーよりは紅茶を淹れるものというイメージの強いプレス用の器具が握られていた。

「はあ。それが何か」

「フレンチプレスは隙間のある金属フィルターを用いるため、コーヒーの油脂がしっかり抽出され、豆の持つ香味の個性をダイレクトに味わえるのが美点です。反面、微粉を通すので粉っぽくなり、その点では好みが分かれます」

なぜ店員がいきなりフレンチプレスに関する講釈を始めたのか、私にはわからなかった。店員は空いた手のひらを上にし、指先を彼のカップに向けた。

「そちらのカップの底にも、コーヒー豆の微粉が溜《た》まっていると思います。フレンチプレスで淹れたコーヒーは、最後まで飲み干さずに、ちょっぴり残すべきなのですから、それ以上は飲まれないほうがよろしいかと」

「ああ、それを教えに来てくれたんですね。ご丁寧にどうも」

彼がソーサーの上にカップを置くと、店員はそれに手を伸ばした。

「お済みの食器、お下げしますね。おかわりをお持ちしますか」

「いえ、結構です」

店員が一礼し、引き下がる。彼は私に向き直った。

「ほかに言いたいことがなければ、僕はもう行くよ」

「私はもう少し、このお店に残っていく」

「そうか。いままでありがとう。それじゃあ」

彼はレジに向かい、二人分のお会計を支払う。喫茶店の前庭を通って去っていく彼の後ろ姿を見つめていたら、本当に終わりなのだという実感が込み上げ、私は泣いた。

五分ほど、そうしていただろうか。人の気配を感じて顔を上げると、先ほどの女性店員が、おしぼりを持ってテーブルのそばに立っていた。

「これ、よかったら使ってください」

「ありがとう」

私はおしぼりを受け取り、目元に当てる。それから、訊《たず》ねた。

「どうしてあんな嘘《うそ》をついたんですか」

「嘘、とは」

「彼の席からは、背後になって見えなかったかもしれない。でも、私は憶《おぼ》えています。あなたがフレンチプレスではなく、ハンドドリップでコーヒーを淹れていたことを」

彼女がケトルを手に持ち、円を描くようにしてお湯を注いでいるのを、私は確かにこの目で見たのだ。

店員は泣き笑いのような表情を浮かべ、私の手元にあるカップを見つめた。

「コーヒーは、匂いが強く、色が黒く、苦みがある。これほど打ってつけの飲み物はない、と思います」

「何に？」

「毒物を混入するのに、です」

　私は目顔で先をうながした。

「お連れのお客様がお手洗いに行かれた際、彼のカップにあなたが何かを入れるのを見てしまいました。救わなければ、と思ったので、とっさに嘘を」

「どうしてそんな面倒なことを？　彼を救うためには、私が何か入れるのを見たから飲まないほうがいい、と伝えるだけでよかったはずでしょう」

　店員は首を左右に振った。

「違います。私は、あなたを救いたかったんです」

　私ははっと胸を衝《つ》かれた。店員は語る。

「いまから私、飲食店の店員としては失格であることを重々承知のうえで、あなたにあることを教えます。先ほどの男性のお客様は、これまでにも何度か当店をご利用いただきました。奥様と一緒に」

　静かな店だと知っているのだから、彼がここへ来たことがあるのは当然だ。でも、一度ならず妻を連れてきた店に、私を呼ぶとは思わなかった。

「盗み聞きするつもりはなかったのですが、なにぶん静かなお店ですので、お二人の会話が私にも聞こえました。好きな人ができた、というのが別れの理由になっていること。自分との結婚を考えたのか、とあなたが問い詰めたこと。これらから察するに、あなたは彼が既婚者であることをご存じなかったのではないですか」

「そうですね。彼の口からは聞かされていなかった」

彼が潔癖症だというのは事実ではなく、自宅に上げてくれなかったのも、私の自宅に泊まることがなかったのも、家に妻がいるからだったのだろう。

「あなたがカップに何か入れたことを彼に伝えれば、入れたものの性質などによっては最悪、あなたは殺人未遂の罪で裁かれます。私はあなたに、既婚者であることを隠して交際するような最低な男性のために、犯罪者になんてなってほしくなかった。だから、嘘をつきました」

「殺そうとまでは、思っていませんでしたよ」

私はバッグから、液体の入った小瓶を取り出した。

「別れを切り出されると予測して、大学の研究室から持ち出したものです。飲めば、しばらくは具合が悪くなるでしょうけど、それだけ。彼は毒を盛られたことにさえ気がつかなかったと思います」

「だとしても、露見すれば罪に問われます」

「ちょっと懲らしめたかっただけなんです。でも、彼にはチャンスを与えました」

店員が首をかしげる。「チャンス？」

「彼が既婚者であることには、薄々勘づいていました。一年も一緒にいたんです、少しくらいは違和感を持たないほうがおかしい。なのに彼は、何があったのかは知りませんが、都合が悪くなると私を切り捨て、あまつさえ既婚者であることを白状しないまま逃げ切ろうとしました。私はそれが許せなかった。だから、質問をしました」

――あなた、私と結婚しようと考えたことが一瞬でもあった？

「その気はなかった、なぜならすでに結婚しているから。正直にそう告白してくれれば、私は彼を許し、カップを下げさせるつもりでした。なのに彼は、あったよ、などと見え透いた嘘を。その瞬間、私の心は決まりました」

「それ……嘘だったんでしょうか」

私は固まった。「どういうこと？」

「奥様と別れてあなたと再婚する。彼が本気でそう考えたこともあったんじゃないか、と感じただけです。たとえ彼がどんなに卑劣でも、あなたが彼に愛された事実まで、なかったことにしなくてもいいのでは、と」

勝手なことを申してすみません。店員はそう言い、頭を下げた。

妻がいながら、私と結婚することを考えた？

最後の質問に、彼はちゃんと正直に答えてくれていた？

だが、だからと言って何になるだろう。

「帰ります」

私は告げ、席を立った。店員が問う。

「その小瓶の中身、本当に、命の危険はないのですよね」

「ええ。持ち出したことがバレると問題になるので、研究室に返しておきます」

店員がまだ何か言いたそうにしているのを無視して、私は店の外に出た。

あてどもなく歩いているうちに、鴨川《かもがわ》のほとりに出た。川岸に腰を下ろし、バッグの中から再度、小瓶を取り出す。

さっき、私は嘘をついた。コーヒーに混ぜられるほどの少量であれば、具合が悪くなる程度で済む。だが、この瓶の中身を一気にあおれば、死ぬかもしれない。そういう毒物を選んで、持ってきた。

――彼と別れるくらいなら、死んだほうがマシ。

瓶の蓋《ふた》を開ける。口元に運んで傾けようとしたとき、ふと店員の台詞が脳裡《のうり》によみがえった。

――私は、あなたを救いたかったんです。

私は瓶を下ろすと、蓋をきつく閉め直した。その中に閉じ込めた彼との思い出が、二度とあふれ出ることのないように。

おみくじ器の予言　佐藤青南

「あれ？」夫の声がして、私は窓に向けていた視線を正面に戻した。

スタンドのついた十四センチ四方の球体を抱えた夫が、首をひねっている。球体の上部三分の一ほどが透明なドーム状で、中にはルーレットの文字盤があった。ルーレット式おみくじ器だ。このところ散歩の途中で立ち寄るようになったカフェで、夫が懐かしがって百円玉を投入したのだ。

「クジが出てこない」

「本当に？」私は夫からおみくじ器を受け取り、コイン投入口を覗《のぞ》き込んでみる。コインが詰まっている様子はない。本来ならばルーレットが回転し、小さく筒状に丸められたクジが排出されるはずだった。

「どうかなさいましたか」

マスターが近づいてきた。年の頃は三十代半ば。証券会社の激務に疲れて脱サラし、妻と一緒に店を開いたという、穏やかな印象の青年だった。

マスターがトレイに載せたカップを、私と夫の前に置く。

「お金を入れたのにクジが出てこないんです」

夫の訴えに、マスターがカウンターから小さな金属を手にして戻ってきた。おみくじ器を開けるための特殊なドライバーのようだった。

「参ったな。買ったばかりなのに」マスターがひとりごちる。

「誰かが五円玉とか五十円玉でも入れたのかも」

私の推理に、夫は疑わしげに目を細めた。

「そんなケチくさいことするやつ、いるかな」

「それがよくあったの。お金を回収しようとしたら五円玉とか五十円玉が交じっていることが。もっとも、五円玉や五十円玉でクジは出ないようにできているんだけど」

怪訝《けげん》そうな顔をするマスターに、私は説明した。

「実家が喫茶店を営んでいたんです」

「そうでしたか」

「そういえばここ、『ロダン』に少し雰囲気が似てないか」

夫が口にしたのが、私の両親が営んでいた喫茶店の名前だった。

「そうかしら」

「落ち着いた内装の雰囲気といい、かかってる音楽の趣味といい……うん。だから居心地がいいんだな」

夫は顎に手をあて、得心したように頷《うなず》く。髪はだいぶ薄くなったしお腹《なか》も出てきたが、そのしぐさは『ロダン』の常連だった三十年前と変わらない。

両親の喫茶店を手伝う娘と常連客。それが私たち夫婦の馴れ初《なそ》めだった。毎日のように通ってくるはにかみ屋のサラリーマンを、最初は無類のコーヒー好きだと誤解していた。だが彼のお目当ては私だった。熱視線に気づいてからは、早く声をかけてくれればいいのにとやきもきしていた。私も彼のことを好ましく思っていたのだ。

「五円玉も五十円玉も交じっていない。やっぱり故障か」

おみくじ器を開いたマスターが、中の硬貨をあらためながらため息をつく。

「すみませんでした」と百円玉を返された夫は、「そんなふうになってるんだ」とおみくじ器を覗き込んだ。開いたおみくじ器の断面はドーナツ状になっており、ドーナツ部分には小さな穴がたくさん開いている。その穴から飛び出した小さな苗のようなものがクジだ。細長い短冊状の紙を丸め、ビニールの筒に入れて穴に差し込んである。

「ご覧になりますか」

夫は興味深そうに観察しているが、私にはとくに興味はない。『ロダン』でも散々おみくじ器の小銭回収と新しいクジのセットをやらされた。おみくじ器の側面には十二のコイン投入口があり、それぞれに星座が充てられているが、実はどのコイン投入口からお金を入れても、セットされたクジが順に排出されるだけで結果は同じだ。

「早速故障するし、妙な予言は当たるしで、こいつを買ってからろくなことがない」

おみくじ器の内部構造よりも、マスターのその発言のほうが気になった。

「予言……って？」

「これを買ってきたときに、亮介《りょうすけ》――うちの息子……ご存じでしたっけ」

「ああ。たまにカウンターで勉強してますよね」

夫が言い、私も頷く。小学校三、四年生ぐらいの利発そうな少年だ。見かけたことがある。あの子は亮介くんというのか。

「そうです。最初に動作確認もかねて、うちの息子にクジを引かせてみたんです。そしたら、健康運のところに〈交通事故に注意〉なんて書かれたのが出てきて……そのときは気をつけないとねなんて、家内と笑っていたんですけど、数日後に家内が本当に事故に遭っちゃって」

「そういえば、奥さんの姿が見えないと思っていました」

なあ、と夫が同意を求めてくる。

「信号無視の車に撥《は》ねられて、入院しています」

「大丈夫なんですか」私は容態を問うた。

「脚を折ったんですが命に別状はありません。日中は義母が面倒を見てくれています」

やわらかい陽《ひ》だまりのような奥さまの笑顔を思い出し、私は少しだけ安堵《あんど》した。

「それにしても予言が当たったなんて、不気味だな」夫が口角を下げる。

そのとき、ふいにマスターの顔色が変わった。

「どうなさったんですか」私の質問にやや躊躇《ちゅうちょ》する間を挟み、答えが返ってくる。

「お金と、残りのクジの数が合わない……残りクジの数が少ない」

「どういうことですか」不可解そうに眉をひそめる夫に、私が説明する。

「この手のおみくじ器にはクジが五十九本セットされている。おみくじは一回百円だから、クジがぜんぶなくなれば百円玉が五十九枚、五千九百円の売上になる」

「ええ。現時点での売上金は九百円なのに、残りクジが三十二本しかないんです」

しばらく考えていた夫が、あっという顔になった。

残りのクジが三十二本ならば、二十七本が販売されたはずだ。おみくじ器には二十七本分——二千七百円入っていないといけない。なのに九百円しか入っていない。つまり千八百円分の売上金が消えた。誤差なんていう数字じゃない。

家族三人。奥さまが入院中なので、このおみくじ器を開けて売上金を回収できるのは、マスター以外に一人しかいない。

いや、そんなはずは。私は別の可能性を探ろうとした。

「先ほど予言とおっしゃいましたが、そのクジには〈交通事故に注意〉のほかに、どんなことが書いてありましたか」

「ほかに、ですか。とくに変なことは書いてなかったように記憶していますが」

マスターが記憶を辿《たど》るように虚空を見上げる。

「〈吉〉ではなく〈凶〉だったとか」

「それはないです。〈中吉〉でした」

そのはずだ。おみくじ器のクジに〈凶〉は含まれていない。

「それがなにか関係あるのか」

わからない。急《せ》かしてくる夫を視界から外し、開いたおみくじ器を見つめた。

まさか。そんな。あの子がおみくじ器から売上金を盗んだなんて——。

その瞬間、ふいに閃《ひらめ》きが弾《はじ》けた。

おみくじ器から生えたクジの苗を見る。顔を近づけてしばらく観察した。

「これ……ぜんぶ、いったん開いて中身を確認してありますね」

「えっ……？」マスターは信じられないという顔だ。

私は苗の一本を指差しながら言った。

「クジは丸めてビニールの筒に収納されています。でも筒の直径が二ミリぐらいしかない小さいものだから、一度抜き取って中身を確認してしまうと綺麗《きれい》に筒に収納するのが難しいんです。かなり丁寧にやらないと、筒からちょっと飛び出してしまう。そのせいでおみくじ器にきちんと収まりきらず、お金を入れてもクジが出てこなかったんだと思います。故障じゃありません」

マスターは困惑した様子でおみくじ器を持ち上げ、じっと見つめた。

「そんな……でも、なんで」そんなことをする必要が？

「お客さんに悪い予言がいかないようにするため、じゃないでしょうか」

私の推理に、夫がはっとした顔になる。

「そうか。クジによって事故を予言されたのではなく、クジにそう書いてあったからこそお母さんが事故に遭った。亮介くんはそう捉えている。だからほかのお客さんを不幸な目に遭わせないように、示唆的な文言のあるクジを抜いた……ってことか」

そうであれば、売上金と残りクジの数が合わないのも説明がつく。

亮介くんはすべてのクジを確認し、不吉な出来事を予言するような内容――実際には予言ではなく、誰にでも当てはまるような警告に過ぎないが、そう解釈できるような記載のあるものを抜いたのだ。

「なあ」カフェを出た後、夫がおもむろに口を開いた。

「きみがおみくじ器の構造にあんなに詳しいなんて、知らなかった」

「なに言ってるの。喫茶店の娘よ」私は笑った。心から笑えた。

ちょうど帰宅した亮介くんにマスターが確認したところ、私の推理通りだった。亮介くんはお客さんを守るために、示唆的な内容のクジを抜き、隠していた。泣きながら謝る亮介くんを、マスターは叱ることなくやさしく抱きしめた。

「だけど、一度中身を確認したクジをビニールの筒に戻すのが難しいなんて、喫茶店の娘でもわからないだろう。そんなこと、店員でも普通はやらない」

そう。やったことがある人間でないと、そんなことは知る由《よし》もない。

「覚えているかい。『ロダン』できみに初めて声をかけたときのこと」

「なによ。藪《やぶ》から棒に。そんな昔のこと」笑顔ではぐらかしたが、もちろん覚えていた。ずっと待ち望んでいた瞬間だった。

「僕はきみに声をかけようと思いながら、あと一歩が踏み出せないでいた。コーヒーを飲んで帰るだけの日を繰り返していた。これじゃいけない。そう思った僕はある日、きみとの関係を占おうと、テーブルに置いてあったおみくじ器でクジを引いてみた。そうやって引いたクジの恋愛運のところには、〈想いを伝えるべし〉と書いてあった。僕は背中を押された気がして、俄然《がぜん》勇気が湧いた。きみに声をかけることができた」

「そうだったの」

「もしかして……」そこまで口にして、夫が言いよどんだ。

だが三十年近くも連れ添った仲だ。彼の言いたいことはわかる。

あのとき、〈想いを伝えるべし〉と出たのは、偶然じゃなかったのでは――？

「あのとき私に声をかけたこと、後悔してる？」

彼がかぶりを振る。そして私の手を取った。

「あのクジは当たっていた。きみはいつだって、僕の背中を押してくれる」

互いのかさついた手の感触をたしかめ合いながら、私たちは家路についた。

婚活ドリームチーム　柊サナカ

私たちの戦はカフェで始まる。

先方が指定してきた店は老舗《しにせ》カフェのクローネ・クローネ。有名すぎず無名すぎず、アンティーク家具を組み合わせた店内は落ち着いている。ねじまき柱時計の音が響いたとき、右耳のワイヤレスイヤホンから声がした。「なあ、本当にやんのか？　アタシうまくやれる自信ねえよ……」

それを三つの席から「大丈夫、計画通りに」「ほら膝はぴったりつけて」「頑張って、栄美《えいみ》」と励ます。つやつやした黒髪の栄美は、チッ、と舌打ちして、こっちの席を睨《にら》んできた。

しかし格好だけ見れば、本当にどこの令嬢だろうと思う。薄ピンクのシフォンブラウスに控えめなメイク。品の良いツイードのスカートが細身の身体にしっくり似合う。斜めに流した脚もすらりと長い。栄美は見た目だけは完璧だった。

「来たっ。ピンマイク確認、総員配置につけ！」リーダー伊智子《いちこ》の号令で、私たちは離れた位置で、それぞれ身構えた。

私たちは運命共同体、四人で一人のチーム。某女子校から某女子大へ、それぞれ教員や保育士、子供向けのスタジオカメラマンとして女社会で揉《も》まれ、気がつけば、誰にもいい話がないまま、もうすぐ「いい歳」になろうとしている。いまさら焦って婚活パーティーや街コンに出ても、もじもじ女子同士固まり、手も足も出ない。マッチングサイトも撃沈だ。二人で会うことにすら至らない。

収穫ゼロだった街コンの帰り道、「あーあ。私たち、全員足したら最強なのにな……」と、ふとつぶやいたリーダー伊智子の思いつきで結成されたのが、この婚活ドリームチームなのだった。

1、どんな高スペックの男も文章力で落とす〝ペンの風雲児〟文子《ふみこ》、これが私。

2、メイクもファッションも自信あり、数十台のカメラとレンズを自在に操り、どんな加工もお手の物〝二次元の魔術師〟佐彩《さあや》。

3、父は茶道の家元、母はマナー講師〝文化と教養の守護神〟リーダー伊智子。

そして最後に、顔とスタイルは抜群なのに、オールドバイクいじりと釣りと一人登山ばかりしていて、いっこうに色恋沙汰のない〝黙っていれば美の極致〟栄美。

栄美は最後まで渋った。「そんなのまだいいんじゃねえの？　どうでもよくね？　アタシ、ガスケットの入れ替えしたいんだけど。オイルも」などとすっぴんのままで、ほっぺたに油をつけて言う。それを無理矢理、「アンタは高スペックの旦那を見つけたくないのか！」「私たちのうち誰か一人でも結婚すれば、そのお友達と芋づる式にご縁もあろう」「その突破口は栄美だ栄美しかいない」と、強引に説き伏せたのだった。

きちんと着飾り、写真も加工した栄美には、さすがにマッチング希望が殺到した。

見たこともないような年収の人から申し込みが続々届く。その中からこれぞ、という相手を吟味し、文章担当の私が、会うまでにテンションを盛り上げる。

散々ふるいにかけて、いよいよ今日、第一ターゲットの相手と初めて出会うのだ。

相手は一色征太郎《いっしきせいたろう》。某外資系証券会社勤務、年収三千五百万。私はその実物を遠まきに見て、こんな男の人ってこの世に存在するんだな、と、頭がぼうっとなった。非の打ち所がない。栄美を見つけると、「はじめまして」と挨拶する。その様子も優雅で嫌みがない。

世間話が済むと、お決まりの、休みの日の話題になる。〝来た〟と身構えた。「先日、美術館に行ってきたんですけどね……」一色が言う。すかさず「この前のやりとりで近代美術が好きだって書いてた」「検索ＯＫ。今はロートレックが上野」「了解、栄美、〝ああ、ムーラン・ルージュですか〟って聞くように。余裕があれば〝ジャンヌ・アヴリルを描いた作品も好きです〟と」

栄美が、「あ、ムーラン・ルージュですか。私も好きです」と言うと、一色は、ぱっと表情を明るくした。「そうなんですよ。栄美さんもお好きですか」

「ええ」

ふわりと笑う。暇さえあれば釣りか山かに、バイクでふらっと行ってしまう栄美は、ナントカ用品館ならまだしも、美術館なんて行ったこともないはずだけれど、幼少の頃から美術館巡りが趣味ですと言わんばかりの微笑だ。猛練習の甲斐《かい》があった。

それからも話題が変わる度に、三人で協議し同時進行で検索し、最適の答えをリーダー伊智子が指示する。「そうですねえ……」とワンテンポ遅れるのも、いつもの栄美からすればおっとりしていて、よけいに素敵に見える。

話が弾んで、相手も栄美にどんどん惹《ひ》かれつつあるのが、文庫本ごしに盗み見ていてもわかる。

その時、けたたましい音をさせて、外の道をバイクが通りすぎた。カフェで読書中の客も、思わず顔を上げるくらいの音だ。

一色は顔をしかめた。「ああいうの、ぜんぜんわからないな。わざわざ怪我するために乗っているようなものじゃないですか……車よりずっと危ないし」

あ。まずい、と私は反射的に思った。「栄美、ここは抑えて。〝そうですね〟って言うこと。〝そうですね〟。ほら、〝そうですね〟だよ」リーダー伊智子が促す。「この良物件を逃すな!」「年収三千五百万円はすぐそこだ!」などと口々に言う私たちに、ふう、と栄美が息をついた。右耳からワイヤレスイヤホンを外す。

「あのさー。それ乗った上で言ってんすか」栄美はすっかり素に戻っていた。「単車ほど、あぁー、アタシ今生きてんなあって思える乗り物ないっすよ」

言っているうちに我慢の限界が来たらしい。「みんなゴメン、もうアタシ無理だわ、

〝そうですね〟とか、ぜってえ、言わねえ」栄美がぎょっとしている一色に続ける。「すんません、このアカウントの文章はあの子、メイクと服はあの窓際の子、姿勢とかしゃべりはあの斜め後ろの子が担当。んでアタシはただの単車好きの女」

　私たちを順に指さし、最後は自分を親指で指して立ち上がる。唖然《あぜん》としている一色をよそに、私の椅子のところにあった、プロテクターの付いた革パンツをさっと取ってトイレに立った。すぐに下だけはき替えて出てくる。

「こんなの、我慢して続くわけねえだろうよ」

　脱いだスカートを椅子に置くと、革ジャンをシフォンブラウスの上から羽織って、ジッパーを音高く閉める。ヘルメットも手に取った。「んなわけで、みんな解散な。あと一色さんお疲れっしたー」と、革ジャンのポケットから出したしわしわの千円札を、一色のテーブルにぽんと置くと、大股で店を出て行った。

　そんなわけで、私たちの婚活ドリームチームは初戦敗退、方向性の違いであえなく解散となったのだった。


　私は。

　実はというと、毎日、何往復も交わされる一色とのメッセージでのやりとりに、とても癒やされていた。「おはようございます」から始まる何気ない挨拶。体を気遣う様子。商店街で美味《おい》しい物を見つけました、と写真付きで教えてくれたり。

もちろんそれは、外見を栄美だと思っているからこそのやりとりなのであって、自分に向けられたものではない。それはよくわかってはいても、もう一色とはメッセージのやりとりができないんだな、と感じて、寂しい気持ちになった。

婚活ドリームチームも解散してしまった今、なぜ自分だけが、引きずっているのかわからない。

文章だけでこんなに気持ちが傾いてしまうなんて、我ながら免疫がなさすぎる。

もしかして、クローネ・クローネに行けば一色にまた会えるかも、なんて思いながら、休みの日に、用もないのにたびたびカフェに来たりしていた。もちろん、出会えたところで、地味でたいして特筆するところのない自分と、あの華やかな一色では、関係が発展するわけもない。文章を介さないと、面と向かって話もできない。

今日こそはふんぎりをつけなければと、飲みかけの珈琲《コーヒー》を前に思う。でも、ワクワクした思い出まで失いたくはなくて、アカウントは消せずにいた。お相手は募集停止にしておいたから、これ以上、誰かが申し込んでくることもない。

今日で消そう。

アプリを眺めながら決心すると、メッセージが来ていた。慌てて開く。

(どうしてもお話ししたいことがあります)

一色だ。指先が震えてうまく文字を打ち込めない。騙《だま》したことを改めて非難されるに違いない。

（あんなことをして、本当にすみませんでした。栄美の文章を代筆したりなんかして。本当に軽率でした）

（僕もです）

（え）

（僕は一色の友人の猪野田《いのだ》と申します。あいつ、筆まめでもないし、メッセージを書くの自体、あんまり得意じゃないって何度も頼み込まれて。だから僕も婚活の予行演習がてら、しぶしぶ代わりを）

しばらくそのまま、メッセージ上で沈黙が続く。

（あ。そういえば、一色、女の人にああいう風に先に帰られるの初めてだったみたいで。あのあと栄美さんを追いかけていって、連絡先を聞いたそうです。この前バイクの後ろに乗せてもらって、どこかに行ってきたとか。釣りにも）

まさかそんなことになっていたとは。

またメッセージが書き込まれる。

（最初は頼まれたから義務的だったけど、あなたとメッセージをやりとりするのは、とても楽しかった。やりとりしているうちに、どうしても会いたくなって）

　私は慌てる。

（でも私、栄美のような容姿じゃないんです。見たらたぶん、いや、絶対がっかりします）

（僕も、一色とは幼なじみで親しいのですが、あんなに爽やかではないです。そうモテるタイプでもないですし。ただ本が好きなだけです。あなたと同じく）

　少し間があった。（今、どこにいらっしゃいますか）

　ちょっと迷ったが、（クローネ・クローネです）と打ち込んだ。

（横に背の高い観葉植物が見えますか）と聞いてくるので、ぎょっとした。まさにその真横の席だった。

（この店、一色に教えたの僕なんです。居心地が良くて好きで。僕はたぶん、ちょうど背中合わせで、後ろの席にいます）

　全身が、固まった。

（いや、でも……。あの……、ちょっと待ってくださいよ）

（僕たち気が合うと思います。じゃ、三、二、一で、同時に振り向いてみませんか）

　真後ろから、「三」という声が聞こえた。ぎゅっと目をつぶる。「二」両手を握りしめた。「一」意を決して、私は後ろを振り向く——。

新花のあんばい　城山真一

頬に当たる風が少し冷たくなってきた。ふと見上げた西の空が薄赤くなっている。あと二刻ほどで日が落ちそうだ。しかし、兼六園《けんろくえん》のなかはこのあともずっと明るいだろう。満開の桜がどこかしこで白く光っている。

みよの前を行く軍服姿の大きな背中が「オー、オー」と感嘆の声を上げていた。彼らはロシア兵。しかも俘虜《ふりょ》だ。だが、醸し出す雰囲気は敗戦国の軍人ではなかった。

日露戦争が終わってひがしの茶屋街ではロシア兵をよく見かけるようになった。兵たちは我が物顔で街を練り歩く。どういうわけか金も持っている。はたして戦争はロシアが本当に負けたのかとさえ疑問に思えてくる。

園内の花見客が、振り返ってはみよたちの一行を見ていた。四名のロシア兵が珍しいわけではない。彼らが芸妓《げいぎ》を引き連れているのが目を引くのだ。

みよは、ほかの三人の芸妓とは少し距離を空けてあとをついていった。みよだけは、まだ半人前の振袖芸者《ふりそでげいしゃ》。姐《ねえ》さんたちのように一人前ではない。

――露助《ろすけ》が兼六園で花見をしたいんだって。ちょっと夕方まで相手をしてやって。

昼頃、置屋にいた若い芸妓たちに、女将《おかみ》から声がかかった。

みよは露助と聞くだけでぶるっと体が震えた。年長のとし桃《もも》が「おっかさん、本当に大丈夫なの？」と尋ねた。怖いと思ったのは、みよだけではないようだ。

「なあに、明るいところでみんなで遊ぶなら心配ないよ」

女将はそういって笑ったが、急に真顔になると、「みよ、あんたもお行き」といった。

花見に飽きてきたのか、一番太ったロシア兵が手で何かを飲む仕草をして見せた。

「じゃあ、内橋亭《うちはしてい》に行きましょうか」まだどこかあどけなさの残る、小花《こはな》がいう。

小花は、みよのひとつ歳上。半年前に一人前になったばかりの新花だ。

亭は園内の中程、霞ケ池《かすみがいけ》のほとりにある。花見の季節は茶飲み用に開放され、茶だけでなく流行《はや》りの珈琲《コーヒー》も飲めるらしい。

仲居に案内されて奥の畳の部屋に入った。ロシア兵たちが再び感嘆の声を上げる。縁側からは霞ケ池が一望できた。桜の木も垂れ下がっている。

姐さんたちとロシア兵は、しばらく茶を飲みながら談笑していたが、日本語が堪能な兵の一人が、ここで芸を見せてくれないかといい出した。

姐さんたちの笑顔がどこかぎこちなくなった。まだ半人前のみよにもわかる。今はお座敷の時間ではない。しかも準備も何もないところで芸事を披露したくないのだ。

とはいえ、ロシア兵の機嫌を損ねるのも怖い。さあ、どうしたものか。

金が必要と解釈したのか、兵の一人が数枚の紙幣を取り出した。ちがう、ちがうとし桃が両手を前に出して首を横に振る。女将の知らないところで勝手はできない。

次第にロシア兵たちの顔が曇ってくる。どこか嫌な空気が流れ始めた。

ふと視線を感じた。市駒《いちこま》がみよを見ている。市駒は二十一歳とまだ若いながらもひがしでは一、二を争う踊りの名手だ。当然、こんな場では踊りたくないのだろう。

みよは、市駒の切れ長の瞳からある思いを察した。あんたが踊れと訴えている。

だが体はすぐに動かなかった。芸事はひととおり学んだが踊りは苦手だ。まだまだ金をとれる芸じゃない。足さばきが半人前のドジョウ掬《すく》いみたいだとお師匠さんに叱られる。稽古のときにすねを棒でたたかれる回数もなかなか減らない。

目を伏せて思いを巡らせた。このままというわけにはいかない。姐さんたちの機嫌はこのところよくなかった。それはみよのせいだった。

小さく息を吐く。作り笑いを浮かべて、「私が」といって立ち上がった。

縁側に立つ。霞ケ池の水面が夕陽《ゆうひ》で赤く染まっていた。趣もある。だがこれは余興だ。だから私でいい。向き直ると、ロシア兵と姐さんたちがみよを見上げていた。

手をかざして少し片膝を折る。――踊ったのは五節《ごせち》の舞だった。

ゆったりとしたこの踊りならうまくやれそうだと思った。しかし、そうはいかなかった。何度も足がもつれそうになった。その都度、背中から汗が噴き出した。

ようやく踊りが終わった。膝をついて頭を下げると、拍手が起こった。

「オジョサン、ステキ。オジョサン、ステキ」

ほめそやされるほど顔が火照《ほて》った。下手なものを見せた。だがこれでいい。役割を果たした。ところが、顔を上げると姐さんたちの冷えた視線が刺さった。

どうして？　いわれたとおりにしたのに。あのことをまだ許してもらえないのか。

座に戻り息を整えた。茶に口をつけていると、小花が寄ってきて耳元でつぶやいた。

「あの背の高い人、外に出たいんだって。あんた一緒に行って。しばらく戻ってこなくていいから」

一人のロシア兵のあとについて亭を出る。姐さんたちに囲まれているのが辛《つら》かったのでほっとした。この兵は、皆で園内を歩いているとき、ひと際大きな声ではしゃいでいた。おそらく四人のなかで一番年下だ。目の前を行くその様子はどこかぎこちなく、鉄がすれるような音がした。片方が義足なんだろう。やがて桜が途切れて、あたりは暗くなった。ひとけもほとんどない。どこに向かっているのか。

そのとき、女将の言葉が耳の奥でよみがえった。明るいところでみんなで遊ぶなら心配ないよ――。裏を返せば、暗闇で二人だけだと危ないということではないのか。

ひがしの芸妓たちがロシア兵のことで一番おそれているのは梅毒だった。露助を相手にしたら、体じゅうから血を噴き出して死ぬ。そんな噂《うわさ》がまことしやかに流れていた。そのことを思い出し、みよは思わず立ち止まった。若いロシア兵は振り向くとみよの手を握った。強く握りしめられて、小花がどうして外に行けといったのか、ようやくわかった気がした。――これは仕置きだ。

一週間前、みよは置屋の看板を汚した。水揚げの場から逃げ出したのだ。明るい部屋で覆いかぶさってきた六十がらみの旦那の顔は今もはっきりと覚えている。思わず顔をそむけて手足をばたつかせた。かかとが旦那のあごをとらえた。襦袢《じゅばん》をまとって部屋から逃げ出したみよは、階段を下りて置屋を出た。近所の寺の神輿《みこし》を奉納してある小屋のなかで朝まで過ごした。

いつかは水揚げのときがくる。芸妓にとって必ず通る儀式だ。だがあまりに唐突だった。何も聞かされていなかった。心も体も準備ができていなかった。

逃げた翌日、置屋に戻ると女将は怒るわけでもなく、呆《あき》れた顔でこういった。「あんばい、いうのは難しいね」

腹のなかでみよは叫んだ。あんばいどころか、作法も何も知らないのだ。半年前に水揚げした小花は、女将から丁寧に教えてもらったのではなかったか。

みよが水揚げで旦那をけ飛ばして逃げたのは花街の噂になっていた。通りを行けば笑われた。姐さんたちも、ほかの置屋の芸妓から何かいわれたのか、みよに冷たくなった。なかでも歳の近い小花はみよを避けるようになった。

水揚げで失敗したら旦那からの払いはない。半人前の振袖芸者のまま。新花としてのお披露目ができないどころか、下手をしたら詫びの金さえ必要かもしれない。だから仕置きをする。置屋の看板に泥を塗ったみよをロシア兵に当てる。

梅毒に罹《かか》れば、体じゅうに赤黒い斑点ができ、やがては死に至る。血に染まる自分の肌を想像しているとから恐ろしくなった。こうしてロシア兵と手をつないでいるだけでもその指先から毒がこちらの体内に入り込んでくるようだ。手を振りほどいて逃げ出したい。しかしできなかった。この手を振り払って逃げたら、借金だけが残る。里の家族は困る。そうなると、次は妹がどこかに売られるのか――。

視界がぼやけていく。怖いというよりも悲しかった。涙を落とすと化粧が落ちるのでそれはこらえた。周りを見ると、ひどく暗い場所だった。おそらく園の南の端のほう。氷室跡という板が刺さっている。ここで押し倒されるのか。

目をつぶって震えていると手が離れた。見るとロシア兵が背を向けていた。その両肩が震えている。みよは、ハッとした。目の前の異国人は声を殺して泣いているのだ。足を失ったことか。故郷を思う寂しさか。あるいは夕暮れの桜が悲しい気持ちにさせたのか。ほかの兵の前で楽しげなふりをするのは限界だった。だが一人で出ていくわけにもいかず、踊りを見せた一番下っ端の芸妓を連れて出たのかもしれない。

ただこれだけは、はっきりとわかる。この若い兵はずっと泣きたいのを堪《こら》えていたのだ。みよもときどき、急に寂しくなって泣きたくなることがあった。

自分よりも頭ふたつも大きな軍人がまるで弟のように思えてきた。気づいたら、唄を口ずさんでいた。稽古で習った小唄ではなく、いつも弟や妹に聞かせていた里の唄だった。しばらくすると、ロシア兵が涙をぬぐって笑った。「オジョサン、ステキ」

亭へ引き返すことにした。霞ケ池が見えてくると、灯《あかり》のついた亭からロシア兵たちの嬌声《きょうせい》が聞こえてきた。「ここにいたの」背後から声をかけられた。小花だった。

「遅いから心配したのよ。大丈夫だった？」

「うん、散歩していただけ」小花と二人だけのときは、友達のような話し方になる。

一緒にいたロシア兵が先を行く。池の縁を歩いていると、小花が急に「ごめんね」といった。

「ずっといえなかったんだけど、あんたの水揚げうまくいかなかったの、私のせい」

意味がわからず、みよが首をかしげていると、「私、心配だったからおっかさんに床の……さまを教えてもらったの。でも旦那を怒らせちゃって」と小花がいった。

「どういうこと？」

「うまくいきすぎて、旦那がおまえ初めてじゃないだろうって。こっちは失敗するのが怖くて、それでがんばったのに。でも、旦那は半値にしろとかいい出して。おっかさん困ってた。こんなことなら教えなければよかったって」

合点がいった。だから私には何にも教えてくれなかったのか。みよが水揚げから逃げた翌日、女将はこういった。――あんばい、いうのは難しいね。

「ああ、そうだ。姐さんたちの機嫌もね、今日で直ると思うから、大丈夫よ」

小花が池の向こうに目をやる。その視線を追ったみよは、アッと声を漏らした。亭の縁側でなんと市駒が踊っていた。当代一、二を争う芸妓が余興で踊りを見せている。みよがいないから、代わりに踊ってくれているのか。ならば、あとで怒られるかもしれない。機嫌が直るどころか、余計に悪くなるのではないか。

不安な思いで市駒の踊りを眺めていると、ロシア兵たちの手をたたく音が聞こえてきた。オジョサン、ステキ。オジョサン、ステキという声と一緒に。

縁側に立つ市駒の顔が部屋の灯に照らされた。そこで、みよは目を見張った。普段、踊りのあとも凛《りん》としているその横顔が和らいでいる。

「さっきはとし桃姐さんも踊ったの。あの言葉……花代よりも嬉《うれ》しいから」

そういうことか。みよが踊ったあと、姐さんたちが冷えた目をしていた。あれは踊りが下手なことに腹を立てていたわけではない。みよがお嬢さんという言葉をかけられたことへの嫉妬だった。不遇な家庭から送り出されて苦労して芸妓になった。旦那衆から美しいといわれることはあっても、お嬢さんなんて言葉は、一生かけてもらえない。憧れるその言葉を惜しみなくかけてもらえるなら、踊りくらい――。

「さっき、あんたに亭の外に行けっていったのは」

小花が微笑《ほほえ》んだ。「振袖芸者がいなければ、姐さんたちも踊る理由が立つでしょ」

みよの前を、白い花びらがまるで蝶《ちょう》のようにふわりと舞っていった。

珈琲占い　志駕晃

「珈琲《コーヒー》占いとか言うと色物のように思われますけど、その歴史は実は古くてオスマン帝国時代から引き継がれている中東の由緒正しい占いなんですよ。今でもイランやトルコでは広く行われていて、ヨーロッパやロシアでも人気があるんです」

私はそう言いながら、白いカップに珈琲を注ぐ。

神保町《じんぼうちょう》の神田《かんだ》すずらん通り沿いにあるこの店は、外観はごく普通の喫茶店だが、奥に秘密の小部屋があった。そこでマスターである私が、裏メニューとして一杯五〇〇〇円で「珈琲占い」を提供していた。

「珈琲占いは、生年月日を使った占星術や四柱推命のように、あらかじめ決められた運命を占うものではありません。その時その時の人のエネルギーを占うものですから、タロットなどに近い占いです。それではまずはこの珈琲を飲んでください」

彼女は白いカップの持ち手を片手でつまむ。

今日の最初のお客さんは二十九歳の地方公務員だった。ちょっと固そうなイメージはあるがなかなかの美人で、もしもチャンスがあればお付き合いをしたいと思わせるタイプだった。

この店で提供する珈琲は、業務用の珈琲マシンで淹《い》れている。

珈琲マシンは上部に白いフィルターを載せて、その上から挽《ひ》いた珈琲豆の粉を入れる。あとはスイッチを押せば、マシンが勝手にデカンタいっぱいのホット珈琲を淹れてくれる。一杯ずつ手作業で淹れる喫茶店もあるが、いずれも挽いた珈琲豆に熱湯をかけてフィルターを通過した黒い液体だけを提供している。

しかし珈琲占いに使う珈琲は、フィルターを使わない。豆から挽いた珈琲の粉をジャズヴェという珈琲用の極小鍋に入れる。さらにそこに水と、必要ならば砂糖を入れて、直火で沸騰《ふっとう》させる。

「ゆっくりでいいですから、カップの中の珈琲を飲み干してください」

彼女は恐る恐る口を付ける。しかしちょっと粉っぽいところを除けば、珈琲占いの珈琲も普通の珈琲と大差はない。

そして飲み干したカップの底には、珈琲の飲み残しと粉が沈殿しているはずだ。

「それでは飲み干した珈琲カップを、ひっくり返してください」

彼女は半信半疑で、白いソーサーを白いカップにかぶせてひっくり返す。

私がこの珈琲占いと出会ったのは、トルコのイスタンブールを一人で旅していた時だが、その時に凄く当たったとか神秘的な体験をしたわけではない。当時就職活動に失敗し、喫茶店のバイトぐらいしかやっていなかった自分は、この珈琲占いが何か役に立つのではと思ったので、そのやり方を自分なりに勉強した。最初は遊び半分だったが、徐々に当たるという評判を呼び、最近では何時間も待ってでも私に占われたいという人が増えてきていた。

「ひっくり返した珈琲カップの底から、珈琲の残りや粉が落ちてきて様々な模様を作ります。その模様から飲んだ人の運勢を占うのが、この珈琲占いなんです」

カップの下半分が過去、上半分が将来を暗示している。

私は彼女の目の前にあった珈琲カップをひっくり返し、そこに残された珈琲の液体と粉の模様を注意深く見る。「天使」「蟻《あり》」「熊」「蜂」「クローバー」「悪魔」など、その模様には様々な名称がついていて一つひとつに意味があった。

「あなたは、今、同じ職場の上司と不倫をしていますね」

私がそう言うと、彼女の表情が一変した。占いでは相手を信用させなければならない。そのためには、今、彼女が悩んでいることそのものを当ててしまうのがベストだろう。

「どうしてわかるんですか」

「しかも、今その上司の部下から交際を申し込まれていて困っている。本当は未来のない上司との交際に区切りをつけて、独身の部下と新たな人生を歩みたいと思っているが、上司と不倫をしていたことがばれるのを心配していますね」

彼女は声を失い何度も瞬《まばた》きを繰り返す。

「その通りです。もしもその部下と結婚などとなってしまえば、不倫関係にあった上司が結婚式で挨拶するなんてことも起こるかもしれません。そうなったら、私は良心の呵責《かしやく》に耐えられません。どうしたらいいのでしょう」

彼女の悩みは、この部屋に入る前からわかっていた。しかしこれからどうすればいいか知りたいとなると、そこは珈琲占いに頼るしかない。

私は珈琲カップの上半分をじっと見る。

これは何の模様だろうか。

私にはそれが「木」に見えた。「木」は珈琲占いでは、良い変化を暗示する模様だった。

「そんなに思いつめなくても大丈夫なようです」

「どうしてですか」

「きっとあなたの周りに変化が起こります。例えば人事異動とか、誰かの昇進とかで職場の環境が変わるかもしれません。まずはあなたがやりたいように行動して、あとは環境の変化で事態は好転すると思います」

彼女が胸をなでおろす。

「実は今やっている仕事で成果が上がれば、希望の部署に異動させてもらえることになっています。ひょっとすると、占い師さんの言う通りかもしれません」

何度もお辞儀をしながら、美人の地方公務員は店を出ていった。

人が占いに頼るのは、あまりにも悩み過ぎて視野が狭くなっているからだ。占い師はその視野を広げて、よりよい選択ができるようにアドバイスしてあげればいい。人の未来は占うものではなく、本人が選択するものなのだ。そのための勇気を与えてあげることこそが肝心なのだ。

「マスター、まだお二人ほど占いをお待ちのお客さんがいらっしゃいますが」

店のウエイトレスが目をやった方角を見ると、二人の若い女性がスマホを片手に座っていた。

「わかった。ちょっと準備をするから待っていてもらって」

私は店の奥に入ると、さっき使った珈琲占いの残りがあったので、カップに入れて一口飲んだ。そしてパソコンの電源を入れると、店のフリーＷｉ－Ｆｉの接続状況をチェックする。幸いなことに、占い希望の二人の女性はともに店のフリーＷｉ－Ｆｉを使用していた。そこから彼女たちのスマホに侵入し、さらにＬＩＮＥなどのコミュニケーション系のアプリに侵入する。

スマホやネットなど、便利さはリスクの裏返しである。

フリーＷｉ－Ｆｉは料金が掛からないが、他の誰かからハッキングされる可能性がある。しかもその女性の一人は、ネットショップで商品の購入手続きをしようとしていたので、クレジットカード番号やセキュリティコードまでわかってしまった。

事前に占われる人の情報がわかっているのだから、占いが外れるわけはない。かつては客の名前や生年月日まで当てたことがあったが、あまりやり過ぎると逆に疑われるので最近は自粛している。

「あなたは、今、転職するかどうかで悩んでいますね」

「どうしてわかるんですか」

エルメスのバッグを膝《ひざ》の上にのせたまま、その美人は目を丸くする。

「あなたは銀座でかなり人気のあるホステスさんですよね。そして新しい店から破格の条件で引き抜きが来た。しかし新しいお店に行っても、売り上げが上がらなければ元も子もない。だから今悩んでいるわけですすよね」

「その通りです。私はどうしたらいいでしょうか」

私は珈琲カップの上半分をじっと見る。

珈琲の模様は「卵」だった。これは富と成功を表している。

「安心してください。迷わず店を変えるべきです。あなたの成功は、もう約束されています」

「本当ですか」

私は大きく頷《うなず》いた。

「しかしちょっとしたトラブルは起こります。会計を踏み倒されたり、日常生活でもちょっとした金品の盗難というか詐欺にあったりするかもしれません。しかしそれは気にしないでください。そうなった時にこそ、あなたの悪運が全て払しょくされます。その後は、もう運命が開けるばかりです」

占いが終わると、私はすぐに奥の部屋に戻りパソコンに向かう。フリーＷｉ－Ｆｉで入手した銀座のホステスのクレジットカード番号とセキュリティコードを使い、ネットショップで高額商品を買いまくる。これを闇ネットで捌《さば》けば数十万円の儲《もう》けになるだろう。

貧乏旅行で海外を放浪していた私だったが、やっと運が向いてきたようだ。この珈琲占いで稼いだ金で、さらに新たなビジネスをはじめよう。株か、不動産か、それとも全然違う新しいビジネスか。

私は一体何をすれば成功するだろうか。ふと脇にあった珈琲カップに目をやった。そうだ。こういう時のための珈琲占いだった。

私は冷たくなった珈琲を飲み干すと、カップの上にソーサーをかぶせてひっくり返した。客のスマホに侵入するインチキ占いで評判を呼んだが、最近では珈琲占いの腕が上がり、結構当たるようになっていた。自分の人生の重要な占いだ。絶対に当ててやろうと思いカップをひっくり返す。

そして神経を研ぎ澄ましカップの上半分をじっくりと見る。

そこにあったのは「悪魔」の模様だった。これは危険が近づいていることを示しているはずだが……。

「マスター。先ほどのお客さんが、マスターに話があるそうです」

ウエイトレスが私を呼びに来たので、私の心臓がドキリと鳴った。まさかネットショッピングの詐欺がばれてあのホステスが戻ってきたのだろうか。

いやいや、そんなはずはない。

店に出てみると、そこに待っていたのは、その前の地方公務員の女性だった。

「どうしましたか。何か忘れ物でもしましたか」

「私は実は、こういうものです」

彼女は黒い手帳を私に見せる。

「不正アクセス行為の禁止等に関する法律違反と、クレジットカードの不正利用に関する詐欺罪の容疑であなたを事情聴取します。これから署まで同行を願います。それから証拠隠滅の恐れがあるので、パソコンを今すぐ証拠品として押収します」

男性の捜査官が奥の小部屋に走り込んだ。

「そうでしたか。これであなたは、希望の部署に異動できるかもしれませんね」

全裸刑事チャーリー股間カフェ　七尾与史

「お客様、当店にはドレスコードがございまして……」

チャーリーの後について店に入ろうとした僕に店員が声をかけてきた。

「ここもかよぉ」

僕は思わず毒づいてしまった。ここは南青山《みなみあおやま》にある、ハイセンスな内装が人気となっているカフェ「マーラ」。建物全体がガラス張りなので屋内でありながらオープンカフェを思わせる空間になっている。そんなカフェだからもちろん店員もファッションセンスが高い。といってもアートなデザインが施されたエプロンや、仕立てのいいシャツやズボンを着用しているわけではない。オープンカフェを思わせると言ったが、股間もオープンだ。

「ほら、七尾《ななお》。さっさと脱げ。郷に入っては郷に従うだ」

そう言ううちにチャーリーは熟練した手つきで僕からズボンとパンツを剝ぎ取った。あっという間に僕の股間は露《あら》わになる。僕は慌てて股間を手で覆った。こんなとき充分に手のひらに収まるサイズであることは「痛し痒《かゆ》し」といったところだ。その隙にチャーリーは僕のスーツジャケットとワイシャツを一瞬で脱がせた。まるで手品だ。店員は僕の着衣を受け取ると「お帰りの際はこちらを見せてください」と番号札を渡した。着衣は店で大切に預かるという。希望をすれば無料で焼却処分もできるようだが断った。

「それではこちらにどうぞ」

店員は僕たちを奥の席に案内してくれた。彼の股間はおそらく一流の股間アーティストによるデコレーションが施されている。テーマは天空へと上りつめるドラゴン。実に見事な細工である。相当にお金もかかっているに違いない。龍《りゅう》の頭を上向かせるためには、常に気力を振り絞らなければならないはずだ。僕にはとてもマネできそうにない。

店員は注文を取ると僕たちから離れていった。

「俺に言わせれば股間デコレーションなどは服を着ているに等しい。虚飾だよ、虚飾。真の全裸とは生まれたままの姿のことを言うんだ。実に嘆かわしい」

チャーリーは店員の股間を呆《あき》れ顔で見つめると吐き捨てるように言った。チャーリーはどんな小物でも見える形で身につけることを忌《い》み嫌う。財布も警察手帳もお尻の内部に収まっているようだ。直腸にそんなものが収まるものなのかと当初は疑問に思ったが、意外と大容量なのである。以前も一キログラムの金塊を隠して密輸しようとしていた男が逮捕されている。それはともかくチャーリーが中から財布や手帳を取り出すシーンはあまりにもおぞましいので見ないようにしている。

「ここも賑《にぎ》わってますすね」

店内はほぼ満席だった。ヌーディスト法案が施行されて数年が経《た》った今、ヌーディストはほぼ市民権を獲得しているといってもよい。ここ最近、特にヌーディストを対象とした店も増えてきたし、ヌーディストグッズにおいては三兆円規模の市場といわれている。街を歩けばあちらこちらで全裸姿を目にする。おかげで日本中の洋品店の半分が店じまいをしたらしい。先月あの「ユニ●ロ」が倒産したというニュースが流れたばかりだ。

そんな中でも僕はスーツにこだわる。これは僕の文明人としての矜持《きょうじ》である。人間とその他霊長類との違いは服を着るか着ないかだと思う。服を着なくなったら動物と一緒だ。そんな主張をチャーリーにしようものなら、鉄拳が飛んでくるので口にしない。ひと昔前ならパワハラだが、今は「全裸に対する不当なヘイト」ということで僕が糾弾されてしまう世の中だ。

「七尾、あれを見ろ」

突然、チャーリーが僕の背後を指さした。僕は振り返る。ガラス壁にはなにやら大量の色紙が貼りつけられていた。

「あれは……チン拓？」

「ここはコーヒーの汁で『拓る』サービスがある。有名人のチン拓もあるらしいぞ」

「へえ、見てみましょう」

僕たちは立ち上がると壁に近づいてチン拓を眺めた。形状も大きさも風味も違う。

「人の数だけ股間がある。それは人々の人生のように唯一無二だ」

チャーリーがなんだか偉人の格言みたいなことを口走っているが心に一ミリも響かない。

その時一枚のチン拓が僕の目に留まった。

「チャーリーさん！」

僕はその一枚を指さした。「これ、先月の股間痕ですよ！」

ヌーディストが激増したことによって、犯罪捜査において股間痕が指紋や足痕と同じくらい重要な手がかりとなった。科捜研には股間鑑定の専門家も配属されている。

先月浅草橋《あさくさばし》駅近くの民家で起きた殺人事件。現場の窓ガラスに犯人のものと思われる股間痕が残されていた。

「おいおい、それだけじゃねえぞ。これは被害者のチン拓だ」

「そ、そうなんですか！」

「そしてこれとこれとこれとこれ！　他の事件の被害者のチン拓じゃねえか」

「ま、マジですか⁉」

被害者の股間までは把握してなかった。さすがはチャーリー、一度目にした股間は忘れないと豪語するだけのことはある。それにしてもこんなところで犯人と被害者の接点があったとは！

「おい、店長を呼べ！」

チャーリーは近くを通りかかった店員に言った。いきなりの出来事に目を白黒させている店員に向けて「警視庁のもんだ」と穴からグニャリと音を立てて取り出した警察手帳を突き出す。思わず取り出すところを見てしまい喉元までこみ上げてきたものを飲み込んだ。

それから間もなく僕たちは奥の事務所に通された。テーブルを挟んで店長と向き合う。彼は頭も股間もスキンヘッドだった。チャーリーは「これぞ全裸中の全裸」と高評価だ。慈しむような眼差《まなざ》しで相手の股間を見つめている。

「このチン拓なんですけど、誰のものですか」

僕ははやる気持ちを抑えて、壁から剝がしてきた色紙を見せた。凶悪犯罪の手がかりがこんなところに残されているなんて思いもしなかった。

「うちの常連客である厚皮《あつかわ》かむり先生です」

「厚皮かむりといえば有名な股間アーティストですよ」

「私も先生にデコってもらいました」

店長は誇らしげに言うが、ただのスキンヘッドだ。しかし表面のツルツル感とまばゆいばかりの輝きは厚皮の手によるものだという。

二時間後。僕たちは渋谷区松濤《しょうとう》にある厚皮の自宅を訪ねた。瀟洒《しょうしゃ》で豪奢《ごうしゃ》な建物、まさに股間御殿と呼ばれるにふさわしい。玄関から出てきた厚皮は意外にも着衣姿だった。年齢は五十代といったところか。舞台俳優を思わせる渋い顔立ちだ。新進気鋭のアーティストだが、元々資産家の子息らしい。豪華な調度品が並ぶ応接間に通された。壁には女性の肖像画が掛かっていた。頬がふくよかで髪を頭頂で団子状にまとめている。どういうわけかチャーリーはその絵画を食い入るように見つめていた。

「行方《ゆくえ》不明の母です。三十年も前に蒸発しました。この絵は四十歳当時の母です」

「なるほど。今から署に出頭してもらいたい」

チャーリーが告げると、厚皮はあっさりと了承した。

そしてここは渋谷署にある取り調べ室だ。薄暗い部屋の中でチャーリーはデスクを挟んで厚皮と向き合っていた。

「内藤拓哉《ないとうたくや》さん、佐々木要二《ささきようじ》さん、金子忠志《かねこただし》さん、小泉明丈《こいずみあきたけ》さん、村上忠義《むらかみただよし》さん。ここ一年で起きた殺人事件の被害者たちのチン拓だ」

チャーリーはデスクの上にカフェ「マーラ」から借りてきたチン拓を並べた。厚皮は静かに見つめている。

「そしてこの絵。あんたの自宅で見た絵だ」

チャーリーは絵画の写真をチン拓の横に並べた。厚皮は目を細める。

「あんたからたしかに捜索願が出ているが、彼女はあんたに殺された。違うか」

「えっ⁉」

僕は思わず声を上げてしまった。厚皮は唇を強く噛《か》んでいる。

「動機は窺《うかが》い知れん。とにかくあんたは母親を殺害して人知れず完璧に処分した。そして捜索願を出して何食わぬ顔でいた。しかし母親を殺しただけではその憎悪が晴れなかった。だからこの人たちを殺したんだな」

チャーリーは今度は被害者たちのチン拓を一枚一枚指し示した。しばらく逡巡《しゅんじゅん》していた様子の厚皮だったが、やがて観念したように頷《うなず》いた。

「ちょ、ちょっと……いったいどういうことなんですか⁉」

話にまるでついていけず二人に詰め寄った。

「被害者たちのチン拓には共通点がある。よぉく見てみろ」

僕は言われたとおりチン拓を食い入るように見入った。

「形状が似通ってますね」

「それだけじゃないだろ。さらに読み取るんだよ」

僕は精神を集中させた。しかし分からない。

「服なんて着てるからダメなんだ。生まれたままの姿になれ」

チャーリーは立ち上がると僕からスーツやパンツを剝ぎ取った。あっという間に全裸になった。厚皮が僕の股間を見てプッと噴き出した。

こ、こいつ……人の股間を笑うな！

僕は厚皮が許せなかった。だから神経を研ぎ澄ませてチン拓の解読に集中した。チャーリーが読み取ったもの。それはいったいなんなのか⁉

全裸が功を奏したのか、それから数分後に僕はあることに気づいた。

「人の顔だ。チン拓が人の顔に見えるぞ！」

チン拓は若干局部が押しつぶされているため顔の輪郭に見える。さらにコーヒー汁をインクとした印影が目鼻立ちを浮かび上がらせていた。陰毛はヘアスタイルとなり、輪郭から少し突き出た丸みを帯びた先っちょは頭頂のお団子ヘアに見える。そしてその顔立ちやお団子ヘアは絵画の女性に酷似していた。

「あんたはカフェで目にした母親に似たチン拓に殺意を抱いた。それだけ母親に対する憎悪が尋常ではなかったんだ。そうだな？」

厚皮ははっきりと首肯した。そして母親に幼少期から酷《ひど》い虐待を受けていたことを告白した。積年の恨みが限界を超えて復讐《ふくしゅう》を果たした。しかし憎悪は治まることはなく、それからも母親に似た女性を殺害したという。そちらも未解決事件だ。そして今回はたまたま行きつけのカフェで見かけた母親の面影を強く示す五枚のチン拓。殺意を抑えることがどうしてもできなかったという。

二日後、僕たちはさらにウラを取るためにカフェ「マーラ」を訪れた。

「俺たちも記念にチン拓を残そうぜ」

「断固拒否します……」

と答えるよりも早くチャーリーに服を脱がされた。

今では僕のチン拓がチャーリーのチン拓の隣に並んでいる。

サイズ、形状、そしてなにより屹立《きつりつ》の状態。

比べれば比べるほどその差は歴然だ。まさに公開処刑に等しい。僕はそれ以来、南青山には近づかなくなった。

アットホームじゃない職場　蝉川夏哉

「あ、今日、新人歓迎会じゃん」

ランチ少なめにしなきゃ、という声を聞いて、私は溜息《ためいき》を吐《つ》いた。

入社一日目。

つまり今日歓迎されるのは、私ということになる。

心の底から遠慮したい。いや、もっとはっきり言えば、謝絶したい。

私は歓迎会をはじめとする飲み会が、嫌いだ。大嫌いと言ってもいい。

契約社員としてこれまで多くの職場を渡り歩いてきたが、どこへ行っても飲み会は付き纏《まと》ってくる。勘弁してもらいたい。

お酒は好きだ。

気心の知れた友達と飲むのも、嫌いじゃない。

居酒屋もバーも宅飲みも好きだ。角打ちに行って一人で飲むこともあるし、連休が取れれば醸造所へ行ってしまうこともある。

私が嫌いなのは、職場の飲み会だ。

上司の時代錯誤な武勇伝を聞き、同僚達の顔色を窺《うかが》って、異性の目を気にしながら適切かつ妥当にあしらわねばならない。

そんな環境では、折角のお酒が不味《まず》くなる。

私は、酒は酒、会話は会話で楽しみたいのだ。

だからこそ職場選びには十分に注意する。

『やる気の溢《あふ》れる職場です』

『自主性のある職場です』

色々な地雷ワードがある。本当に優秀な従業員を集めたいのなら、『給料がいい』と『休みがしっかり取れる』ことをアピールすればいいのに。

中でも一番避けねばならないのが、

『アットホームな職場です』という宣伝文句だ。

アットホーム。

耳に聞こえはよいが、この宣伝文句は私が最も苦手とするタイプの職場を見分ける検索ワードのようなものだ。

労働時間が長く、休憩時間はみんな一緒にものを食べ、全員残業は当たり前。

休日にもみんなで集まってバーベキューに草野球……

そういうのが好きな人もいるだろう。そのことは否定しない。

だが、それも適切な給料あってこそだと、私は思う。

契約社員の薄給と、薄弱な福利厚生で、そこまで忠義立てて会社にお付き合いするつもりはない。

だからこそ、この会社を選んだのだ。

『アットホームな会社ではありません』

一見すると奇妙な宣伝文句だと思った。

就職情報誌を見ていて、思わず見間違いだと思ったほどだ。

次に誤植を疑った。

こんなことを馬鹿真面目《まじめ》に書く会社があるとは思えなかったのだ。

採用面接を申し込む電話でそれとなく確認すると、電話先の女性はしごく真面目な声で「はい、当社はアットホームな会社ではありません」と答えてくれた。

この会社に入ろう。

給料も福利厚生もそれなりによいし、正社員への登用も明記されている。

そんなわけで面接を受け、無事に合格した。

（ちなみに面接申し込みの電話を受けたのは、ここの社長本人だった）

しかし、やはりここでも新人歓迎会はあるのか。

少し残念な気がするが、仕方ない。

午前中働いた感触では、職場の雰囲気はドライで、キビキビとしている。

報告連絡相談は欠かさないが、それ以外の会話はしなくてもよい。

気に入りかけたところに新人歓迎会という言葉を聞いてしまったので、ナイーブになってしまっただけだ。

新人歓迎会か。

私は椅子の背もたれに体重を預け、バランスをとった。

ギィとスプリングが軋《きし》む音がする。

少しだけ拙《まず》いことがあった。お金だ。

前職から時間が空いてしまったので、余裕がない。

月末までの生活費は正直なところ、カツカツだ。

今日も新人歓迎会に参加できるほどお金を持っていなかった。

さすがに新人の分は奢《おご》りだろう。でももし違ったらどうしようか。

ちらりと社長の方を盗み見る。

真っ赤なスーツに身を包み、バリバリと決裁書類を捌《さば》いていく女社長。

小さな所帯だが、この会社が急成長中なのはひとえに社長の力量に拠《よ》る。

あの社長から、お金を借りる、というのは少し気が引けた。

『アットホームな会社ではありません』

アットホームでないのなら、金の貸し借りのようなウェットな付き合いは毛嫌いしそうだな。もちろん、本来であれば私も好きではないのだが。

そんなことを考えながら仕事をしていると、十五時になった。

「全員、終業！」と社長が宣言する。

「あ、今日は新人歓迎会か」と社員たちがぞろぞろと立ち上がりはじめた。
私は思わず辺りを見回してしまう。
まだ十五時なのに、皆、帰り支度をはじめていた。
契約では九時就業の十八時終業で、一時間休憩の八時間拘束のはずだ。
「ほら、貴女《あなた》の歓迎会なんだから」
赤いスーツの女社長に促され、私は皆の後におっかなびっくり続いた。

やって来たのは、喫茶店だ。
赤レンガ造りの外壁に、手入れのよく行き届いた蔦《つた》が這《は》っている。
どこにでもありそうな、ごく普通の喫茶店だ。
リンゴン、とドアベルを鳴らしながら、ぞろぞろと社員が吸い込まれていく。
ドアには「本日貸し切り」の札。
本当にこの喫茶店で新人歓迎会をするのだろうか。
「さ、好きな席に座って」
落ち着いた雰囲気の店内には、ほのかに珈琲《コーヒー》の香りが漂っている。
よく磨き込まれた木の椅子に、私は腰を下ろした。
向かいに座を占めたのは、社長だ。少しだけ緊張する。

「私はブレンドコーヒーを。貴女は？」

同じものを、と注文すると、優しい顔をしたウェイトレスが注文を書き留めた。

緊張しているからか、ウェイトレスまで社長に見えてしまう。

「あの……」

私が口を開くと、社長がなぁに、と尋ねる。

「勤務時間内なのに、いいんですか？」

質問を聞いて、社長は一瞬、ポカンとした。そして、笑いはじめる。

「いいのよ。だって、会社の新人歓迎会なんだもの。業務時間の中でやるのが筋ってものでしょう？」

驚いた。

いや、考えてみればそうなのだ。会社のことは、会社の時間内で。

でも、今までそんなことを言う経営者には会ったことがなかったので、ひどく面食らってしまう。

「え、えっと、珈琲、お好きなんですか？　お酒よりも」

「お酒の方が好きね。大好き」

だから、と社長は続ける。

「自分だけの時間で、自由に飲むの。それが私のルール」

好きなお酒を好きなように飲む。

お酒に限らず、他のことも、可能な限り自分の思い通りに。

「そのために私、社長になったんだから」

にっこり微笑《ほほえ》む社長の前に、ブレンドコーヒーが運ばれてくる。

私の前にも、同じものが。

芳《かぐわ》しい香りを嗅いでいると、胃袋が急にぎゅるぎゅると鳴り出した。

「あれ、お腹《なか》空いた？　ここ、サンドウィッチもケーキも美味《おい》しいのよ」

社長が差し出したメニューを見る。

周りではランチを控え目にしていた女性社員たちが、我先にとケーキセットを注文しているようだ。

「あ、えっと、その……」

「心配しなくても、奢りよ、奢り。新人歓迎会なんだから」

その言葉にちょっと嬉《うれ》しくなり、私はハムと玉子のミックスサンドを頼む。

サンドウィッチを待つ間、ブレンドコーヒーを一口。

苦みと酸味が程よいバランスで、胃の底にほっと落ち着くような温かさが広がった。

張り詰めていた気持ちが、ほどけていく。

「あの、どうして『アットホームじゃない』なんて……」

尋ねる言葉の途中で、社長が笑った。

「アットホームなのは家だけで十分。職場がアットホームなんて、私はそんな人生、嫌だからかな」

サンドウィッチが運ばれてくる。

「社長」

「なに？」

「私も、この『アットホームじゃない会社』の一員になりたいです」

コーヒーに砂糖が溶けるようにゆっくりとでいい。私も、この社長と働きたいと、心の底から思ったのだった。


「まぁ、そうは言いつつも社長って家族大好きですよね」

チーズケーキを食べていた女性社員がひょっこりと顔を出す。

「え？」と尋ねると、にやにやしながら親指でウェイトレスを指さした。

「あれ、社長のお姉さん。双子の」

よくよく見ると、確かに社長とそっくりだ。

毎回新人はここで驚かされるらしい。

私たちを愉《たの》しげに見つめる社長を見ながら、私はもっとこの会社が好きになった。

高架下の喫茶店　柏てん

俺の職場は、高架下にある古い喫茶店だ。

電車が通るたび地響きが鳴り、窓も少ないので昼夜問わず薄暗い。

設備も古いし、働いているのは俺と白髪《しらが》のマスターの二人だけ。店のオーナーはアラセブを過ぎた皺《しわ》くちゃのばーさんで、マスターとは古い付き合いらしいがどういう関係かまではよく知らない。オーナーは死ぬまでに全財産を使い切ると言って憚《はばか》らない強者《つわもの》で、世界各地を旅行しているため滅多に店に顔を出すこともない。

さて、Ｗｉ-Ｆｉもないし狭くて分煙もできないようなこんな店でも、意外と客は途切れることなくやってくる。

立地がいい割に空いているからと打ち合わせに使う客や、最近どこへ行っても肩身が狭いと言いながらうまそうに煙草《たばこ》を吸うヘビースモーカー。営業途中に暗い顔で時間を潰すサラリーマンなど。

だが中には奇特にも、俺目当てで店にやってくる客というのも存在する。

「ムサシくん。元気だった？」

そう言いながらカウンターに座った女性も、その一人だ。

彼女の名前は美枝子《みえこ》といい（偽名かもしれないが）、最近は月に二度か三度ぐらいの割合で店にやってくる。口元の皺が年齢を感じさせるが美しい人で、若い頃はさぞモテたのだろうなと俺は余計な想像をする。

「お久しぶりです」

無難に挨拶をすると、美枝子さんは一分《いちぶ》の隙《すき》もなくファンデーションで塗り固めた顔を、くしゃりと笑み崩した。

「久しぶりね」

いつもと同じ挨拶だが、一週間の隔絶に『久しぶり』という表現が適切かは微妙なところだ。

俺はじっと見慣れた美枝子さんの顔を観察した。

そこそこ人見知りで人の顔を見るのは苦手なのだが、美枝子さんは付き合いが長いので苦痛というほどでもない。

目が合うと、彼女はパチパチと瞬《まばた》きを繰り返した。長いまつげが上下に動く。

熱いおしぼりで手を拭きながら、美枝子さんはラミネート加工をしたメニューに視線を落とす。

ここのメニューはもう十年以上変わっていない。ブレンドと、アメリカン。トーストにはゆで卵と乾いたサラダ付き。

俺のおすすめはマスターお手製のコーヒーゼリーだ。と言っても、俺は食べたことがないんだが。

「ブレンドを」

美枝子さんのオーダーを聞いたマスターが、手動のミルで豆を挽《ひ》き始める。

ザリザリ、ザリザリ。

その音に覆いかぶさるように、店の上を電車が通過する音が響いた。頭上から聞こえてきているはずなのに、地の底から響いてくるような気がするのは何故だろう。足元から揺れが伝わってくるからだろうか。

コーヒーを待つ間、美枝子さんはいつものように俺を見てほほ笑んでいた。

なにがそんなに楽しいのだろうと思うのだが、彼女はいつもそうする。彼女との付き合いは三年になるが、指一本触れたことはない。俺と彼女は極めて健全な関係だ。というか、歳の差があり過ぎる。おそらく、彼女の方が二十歳は年上だろう。

しばらくして、マスターが美枝子さんの前にカップを置いた。その華奢《きゃしゃ》なカップに、俺は決して触れてはならないと厳命されている。

この店に来たばかりの頃、マスターお気に入りのカップを落として割ってしまったのが原因だろう。

マスターは怒りこそしなかったが、その後しばらく口をきいてくれなかった。

それでも追い出されず置いてもらっているのだから、マスターには感謝の気持ちしかない。本当だ。最近まかないがやけに不味《まず》くなったが、恨んでなどいない。そう決して。

「あとどれくらい、ムサシくんに会えるかしら」

コーヒーを一口飲んで、美枝子さんは物憂げに言う。

返事の難しい問いだ。俺は黙って視線をそらした。

「医者がね、いい加減入院しろって言うのよ。私はこんなに元気なのに。やんなっちゃう」

彼女はマスターにも聞こえないような音量で言った。多分俺にしか聞かれたくないのだろう。

彼女は進行性の難しい病気を患《わずら》っており、病院の帰りにいつもここに寄っているのだと以前話してくれたことがある。

最初は月に一度だった来店頻度が、二、三度になったのはここ一年ぐらいのことだ。

ガタンゴトン、ガタンゴトン。

またも店内が揺れる。

彼女に会えなくなるのは、俺も寂しかった。

この店の常連客の中でも、彼女は騒がしくなく俺に触れてくることもないとても上品な客だったから。

体のことが一番だとか、そんな陳腐なセリフを言う気にはなれなかった。

俺自身癒えない病を抱えているので、最後の瞬間まで普通の生活を続けたいという彼女の気持ちは痛いほどよく分かるのだ。

マスターも、時折悲しげな目で俺を見る。

本当はもう店に来ない方がいいと言われているが、俺の居場所はこの古びた喫茶店なのだから、その場所をどうか奪わないでほしいと思う。

「マスター、お愛想」

四人掛けのテーブル席を独占していたサラリーマンが、吸っていた煙草を灰皿で押しつぶして言った。

本当は、煙草の煙だって美枝子さんの体にはよくないのかもしれない。そして俺の体にも。

けれど体に染みつくような煙草とコーヒーの香りが、俺は好きなんだ。きっと美枝子さんも、そうなんだろうと思う。

俺たちは、しばし心地のいい沈黙を共有した。

こうして黙って傍にいるだけでも、通じ合うものはある。

きっと彼女はそれを求めて、この店に通うのだろう。

やがてコーヒーを飲み終えた美枝子さんが、ゆっくりとだるそうに席を降りた。

「ありがとうございました」

マスターの不愛想な声に、古いレジスターの呻《うめ》きのような印刷音が重なる。

「また来るから、それまで元気でね」

そう言って美枝子さんは一度出口を見たが、何かを思い直したように振り返って、こちらをまっすぐに見つめた。

そしてその細い筋張った指が、俺の頬に触れる。

彼女に触れられたのは初めてだった。

俺はなんとか首を持ち上げて、その指にすり寄る。

首輪についた鈴が、チリンと高い音を立てた。

「あなたって、こんなにふわふわだったのね」

「ええ、手入れは欠かしませんから」

そう言って、俺は前足で顔を洗った。どうせ言葉なんて、通じないと分かっているが。

「またね」

そう言って美枝子さんは去っていった。

扉の閉まる音に被《かぶ》さるように、電車の通過を知らせる重低音が響いた。

俺はにゃーごと鳴き声を上げた。電車の音に負けないように、最後に美枝子さんに振り返ってほしくて。

開いた扉の向こうから光がさして、振り返った美枝子さんの顔が俺の網膜に焼き付いた。それは今まで見た中で、一番きれいな笑顔だった。

麻野と理恵の謎解きカフェごはん　友井羊

大きなガラス窓から入り込む太陽の光が店内を照らしていた。壁や天井は翡翠《ひすい》色で、食器も同じ色で揃《そろ》えられている。オールドアメリカ風のレトロポップな調度品が控えめに飾られ、店内中央に置かれたビリヤード台ではシャツや小物などのオリジナル雑貨が販売されていた。

「素敵なカフェですね。それに料理も美味《おい》しいです」

「お気に召したようでよかった。飲食店関連の会合で知り合った方のお店なんです」

麻野《あさの》は向かいの席から笑顔で応えてから、名物らしいサラダボウルにフォークを持つ手を伸ばした。日曜の昼、理恵《りえ》と麻野はカフェでランチを摂《と》っていた。麻野はスープ屋しずくというレストランのシェフで、理恵は店の常連だ。調理道具を麻野に選んでもらうために一緒に買い物をした帰りのことだった。

理恵が食べているのも同じサラダボウルだ。ケールをベースにアボカドやキヌア、ひよこ豆、生のマッシュルーム、大きな茹《ゆ》でエビやスモークチキンなど具材が盛り沢山だ。理恵が小皿のマヨネーズをボウルに加えてからサラダを口に運ぶ。

「豆乳マヨネーズも美味しいですね」

「そうですね。あっさりしていて食べやすいです。うちでも出してみたいですね」

サラダはオリーブオイルと岩塩のシンプルな味つけだったが、別添えの豆乳マヨネーズを使うことで飽きることなく食べ進められた。

理恵がほくほくのひよこ豆を咀嚼《そしゃく》していると、店内奥から女性が近づいてきた。

「麻野くんだよね。いらっしゃい」

長袖の白いパーカーにシンプルなジーンズという気取らない恰好《かっこう》で、黄色のバンダナを三角巾のように巻いている。年齢は三十代半ばくらいで、化粧気のない顔に快活そうな笑みが浮かんでいた。

「山田《やまだ》さん、こんにちは。お邪魔させていただいています」

麻野は理恵に、オーナーの山田を紹介してくれた。アパレル関係から飲食業界に参入し、瞬く間にこのカフェを含めて店舗を四つも経営するようになった遣《や》り手らしい。理恵はスープ屋しずくの常連客だと自己紹介してから、サラダボウルに感動したことを伝えた。すると山田は満足そうに頷《うなず》いた。

「うちは食材の仕入れにもこだわっているから、麻野くんの料理で舌が肥えた方でも気に入ってもらえると思うよ。そうだ麻野くん、亜麻仁油《あまにゆ》について詳しくない？」

「日替わりメニューで何度か使ったことはありますよ」

亜麻仁油は健康食材として注目されている食用オイルだ。山田は近くのテーブルで余っていた椅子を客に断りを入れてから借り、理恵たちの席の脇に腰を下ろした。

「特別に安く入荷できる予定で、たっぷり使った新メニューを開発したいんだ」

山田が最近知り合った輸入食材を扱う業者が、大量の亜麻仁油の引取先を探しているらしかった。それで特別に破格の値段で買うことになったという。

「大口の取引先が破産して、在庫が余っているらしくてさ。ちなみに値段はね……」

山田が耳打ちすると、麻野が目を大きく広げた。

「それはお安いですね」

「そうでしょう。すごく上質な油だったから、お客さんにも喜んでもらえると思う。でも条件が一括購入なの。さすがに多いから飲食をやってる知り合いにも大勢声をかけてるんだ。よければ麻野くんも一口乗らない？」

「大量だと保存が大変そうですね」

「先方は管理にすごく気を遣っていたから安心して。光を遮断できる容器で密閉して、空気に触れさせないように配慮してあったから。味見をしたときも、缶を極力揺らさないよう細心の注意を払っていたんだ」

麻野の眉が一瞬だけ上がり、理恵は何かを察知したことに気づく。最近、推理をする前の微妙な変化が何となくわかるようになってきた。

「申し訳ありませんが、商品の写真などはありますか？」

「一応、倉庫をスマホで撮影したけど」

山田がジーンズのポケットからスマホを取り出し画面を操作した。麻野がフォークを置いてから受け取り、難しい顔で画面をじっと見つめる。

「本当にたくさんありますね」

「これだけの大量仕入れだと不安になるよね。ただ向こうもその点は承知していて、味見の時に並んでいる一斗缶から私に自由に選ばせてくれたんだ」

倉庫に並ぶ大量の金属製の一斗缶の画像のようだ。値下げしていても亜麻仁油はそれなりに高価なはずだし、一括で買うのなら総額も大きい。品質も気になるはずだ。

そのため業者は山田に缶を選ばせた上で、その場で封を開けたのだそうだ。

「私は奥にあった缶を適当に指差したの。それから業者さんが揺らさないよう慎重に運んでから開栓して味見させてくれたんだ」

山田が胸を張る。取引相手に自由に選ばせたのであれば、業者はどの缶を選んでも中身の品質が優れている自信があるのだろう。しかし麻野は訝《いぶか》しそうな態度を崩さない。

「食用油であれば、ある程度揺らしても品質に影響はないはずですが」

「そういうものなの？　でも慎重になるのは悪いことじゃないと思うけど」

異業種から参入した山田は、麻野より食材の管理について詳しくない様子だ。麻野が二本の指でスマホの画面をなぞる。画像を拡大したようだ。

「缶の注ぎ口が小さいようですが、どのように味見をされたのでしょうか」

「向こうが用意したスプーンを差し込んですくったの。……あんまり疑うようなら、麻野くんは購入しなくても構わないけど。実は明日の午前までに入金しないといけないから、時間もないんだ」

苛立《いらだ》ちからか山田がテーブルを指で叩《たた》く。すると麻野が山田の瞳を覗《のぞ》き込んだ。

「味見用のスプーンは、柄が短かったのではないですか」

「えっと、そうだけど」

山田が狼狽《ろうばい》しながら答えると、麻野が小さくため息を吐《つ》いた。

「それでしたら入金の前に、もう一度商品を確認したほうがいいかもしれません」

「どういうこと？」

山田が不安そうに訊《たず》ねると、麻野が画像を指差しながら推理を披露した。説明が進むにつれ、山田の顔色が青ざめていく。

「情況証拠だけなので確証はありませんが、念のため――」

「直接倉庫に向かう。麻野くん、ありがとう」

山田が勢いよく席を立ち、慌てた様子でバックヤードに消えていった。

「わるくない結果になるといいですね」

「そうですね」

麻野が心配そうに、山田が消えていった先を見つめている。理恵がオレンジジュースに口をつけると、しっかりした甘さと鮮烈な酸味を感じた。麻野は正面に向き直り、サラダボウルのアボカドにフォークを突き刺した。

スープ屋しずくは早朝にも店を開けていて、冷たい空気のなかで店先の照明が暖かそうに灯《とも》っていた。理恵が出社前に訪れると、入れ替わるように山田が出てきた。気まずそうな表情で会釈をして、足早に去っていくのを横目に見ながら店に入る。

「おはようございます、いらっしゃいませ」

エプロン姿の麻野が、カウンターの向こうで器用にセロリを刻んでいる。ブイヨンの香りを含んだ店内は適度な湿度に包まれ、心地良い包丁の音が響いていた。

理恵はカウンター席に腰を下ろす。しずくの朝食メニューは日替わりの一種類だ。本日はタラの芽を使ったスープらしく、理恵は期待に胸を膨らませながら注文した。

「そういえば山田さんとすれ違いませんでしたか」

「はい。先日の件に進展があったのですか？」

麻野と一緒に山田と会話をしたのは二日前の出来事で、続報が気になっていたのだ。

麻野がレードルを手に取り、丁寧な手つきでスープボウルにスープを注いだ。

「推測は正解だったようで、入金は取り止《や》めたそうです。山田さんはカフェでの仕事や事後処理でお忙しいため、朝の時間にわざわざ御礼に来てくださったんです」

麻野が理恵の前にボウルを置いた。

「お待たせしました。タラの芽と春野菜スープです」

木製の柔らかな丸みを帯びたスープボウルに刻んだ春キャベツや新玉ねぎ、そして大ぶりのタラの芽が入っている。木製の匙《さじ》ですくって口に運ぶ。主役のタラの芽はもちっとした食感で、山菜特有の爽やかな苦味が感じられる。余分な油は除かれたチキンブイヨンはあっさりした味わいで、春野菜の活き活きとした味わいが溶け込んでいた。

「今日も美味しいですね」

「お口に合ったようで何よりです。もしよければ途中からこちらを入れてください。先ほど山田さんから頂戴した上質な亜麻仁油です。高い温度だと酸化してしまうので、ある程度冷めてから入れてください」

麻野が小皿に透明の油を注いでボウルの脇に置いた。詐欺被害を回避させてくれたことに対する山田から麻野への礼なのだろう。

理恵は麻野の推理を思い出す。

山田は取引先から、倉庫に置かれた大量の一斗缶を亜麻仁油だと説明された。しかし実際は缶の中身のほとんどが水だったというのだ。

ただし缶には容量の二十分の一くらいの亜麻仁油が入れてあった。

水と分離した亜麻仁油は表面に浮かぶことになる。卵や豆乳に含まれるレシチンなど乳化剤の働きでもなければ、マヨネーズのように混ざり合うことはない。

金属製の一斗缶なので外からは判別できず、小さな注ぎ口からでは中身も見えにくい。管理に気を遣うふりをして揺らさないようにした上で、柄の短いスプーンを差し込めば表面の油だけをすくうことになる。

大量に置いてあった一斗缶には全部同じ仕掛けが施してあった。全て合わせればそれなりの量の亜麻仁油が必要になるが、一括で販売することに成功すれば、一斗缶の購入金額や倉庫代を差し引いても充分儲《もう》かる算段だったようだ。

「麻野さんはよく気づけましたね」

「実は似たような詐欺事件が一九六〇年代のアメリカで起きているのです。そのときは今回よりずっと大規模で、巨大なタンクが満杯になるほどの海水にサラダ油を浮かせていたようです。昔の事件だったため山田さんはご存じなかったみたいですね。山田さんが通報した後、犯人は余罪があったようで逮捕されたそうです」

「危ないところでしたね」

山田は危うく大金を失い、同業者からの信頼もなくすところだった。

スープの温度が下がってきたので、亜麻仁油をボウルに注いだ。表面に油が玉のように浮かぶ。匙ですくって飲むと、ナッツを思わせる風味が鼻孔を通り過ぎた。理恵はゆっくり深呼吸し、いつもと変わらぬ朝の空気に身を委ねた。

銀河喫茶の夜

黒崎リク

夏の暮れのことでした。

座敷で寝ていた私は、花火の音で目が覚めました。パァンと高い音は、お祭りの始まりを知らせる合図です。

薄暗い座敷から見る窓の外は、夕闇に覆われていました。そろそろ行く支度をしなきゃと起き上がると、私の傍らに祖父がいました。

そうです、ここは祖父の家です。夏休みのお盆の間、私は祖父の家に遊びに行くのを毎年楽しみにしていました。

紺色の浴衣《ゆかた》を着た祖父は、私に手を差し伸べます。

「おじいちゃん、どうしたの？」

「喫茶店に行こうか。お前が行きたがっていた所だよ」

祖父がよく行く喫茶店は、古いけれど、お洒落《しゃれ》なお店です。純喫茶というそうで、珈琲《コーヒー》が美味《おい》しくて、大人ばかりがいるお店です。子供の私を連れて行ってはくれず、「お前が大きくなったらな」が祖父の口癖でした。

そんな祖父に、憧れの大人の喫茶店に誘われ、私は喜びました。せっかくだからと、とっておきのワンピースに着替えます。深い藍色の地に白い小さな星がちりばめられたような、水玉模様の少し大人っぽいワンピースです。冬に着るものだけど、夏の夜は冷えるから、きっと丁度いいでしょう。

祖父の手を取り、私はすっかり日の暮れた町へと繰り出しました。石畳の道に、カランコロンと祖父の下駄の音が響きます。

町がいつもと違うように見えるのは、お盆のせいです。今日はあちらこちらの家の前で、提灯《ちょうちん》にオレンジ色の火が灯《とも》っています。白い和紙が張られた灯籠《とうろう》を手にした人々が、川辺へと向かいます。

祖父は人の波をすり抜けて、一軒の店の前で立ち止まりました。

古そうで重そうな木の扉には文字が刻まれていましたが、消えかかったそれは読めません。祖父が扉を押すと、扉の上にとまっていた小鳥がチリンと鳴きました。

初めて入った喫茶店の中は薄暗く、鈴蘭《すずらん》のようなシャンデリアや、緑と黄色のガラスでできた電灯笠《でんとうがさ》の光がぼんやりと浮かんでいます。

壁にかかっているのは宇宙の写真です。オリオン座に蠍《さそり》座、南十字星や白い天の川。青く赤く、紫色の雲が渦巻いているのは銀河の写真でしょう。

棚の上には、鉱石を嵌《は》め込んだ動物が置かれています。あちらはラピスラズリの目の小熊、こちらはダイヤの白鳥でしょうか。

席を埋めるお客さんのたばこの薄紫色の煙が、ゆらゆらと天井に上っては消えていきます。私がきょろきょろと見回している間に、祖父は空いたカウンターの席に座りました。

私は祖父の隣に座ろうとしましたが、椅子が高くてなかなか座れません。すると、テーブルにいた青年が「ほら」と私を抱えて座らせてくれました。お礼を言うと、青年は会釈して席に戻ります。

祖父がぼそりと「珈琲を」と言うと、カウンターの奥にいた人が「かしこまりました」と頷《うなず》きました。

その人は、背が高くて細い男の人でした。白いシャツと黒いベストを着て、黒いズボンを穿いています。若い青年のようにも、祖父と同じくらいのおじいさんのようにも見える、銀色の髪をした不思議な人でした。皆からマスターと呼ばれていました。

マスターは、実験器具のようなものを用意しています。あの丸いものはフラスコ、フラスコの下にあるのはアルコールランプです。この間、理科の授業で習ったので知っています。

マスターは銀色の薬缶《やかん》からフラスコにお湯を入れ、上に何かを取り付けました。「それは何」と尋ねると、「漏斗《ろうと》です」と答えてくれました。

マスターは漏斗に黒い粉を入れます。珈琲の粉です。

「今夜の珈琲は、ペルセウス座流星群のものです。大粒で、大気圏を通る間に一粒ずつしっかりと焙煎《ばいせん》されています。苦みは強いですがコクと深みがありますよ」

そうして燐寸《マッチ》を擦り、オレンジ色の炎をアルコールランプへと近づけました。白い紐《ひも》の先に青い炎がぼうっと点《つ》きました。

　炎は内側が青く、外側は青に緑色が混じった色をしています。炎は丸いフラスコの下でつぶれて、台形の形になります。時折オーロラのように揺れて、平行四辺形や三角形になるのが面白くて見ていると、やがてフラスコの底に小さな水蒸気の泡が生まれました。沸騰です。これも理科の授業で習いました。

　ぽこぽこ、ぽこぽこと音を立て、まるで火山から噴き出すマグマのように、お湯は漏斗のガラスの管を通って上がっていきます。

　漏斗の黒い粉を巻き上げるお湯を、マスターは木のヘラで手早く混ぜます。きめ細かい泡の層ができて、黒い粉はしゅわしゅわと音を立てました。泡と共に弾《はじ》ける光は、燃え尽きる星の最後の光です。漏斗の中にはすっかり黒い液体が満ちて、暗い宇宙のように渦巻いていました。

　マスターはアルコールランプの火を消し、もう一度漏斗の中をかき混ぜました。漏斗の液体は、今度は管を通って下りていきます。液体が落ちきったところで、マスターは漏斗を外し、フラスコの液体を白いカップに注ぎました。

「お待たせしました。お嬢さんも珈琲でよろしいですか？　冷たいものもご用意できますよ」

「はいっ、冷たいのを下さい」

マスターは同じように珈琲を入れると、大きな氷をたくさん入れたグラスに注ぎました。黒い珈琲の海に氷山が浮かび、小さくなっていきます。

「どうぞ」

「ありがとうございます」

どきどきしながらグラスを受け取ると、冷たい水滴が手に付きました。白いストローで一口飲んで、私は思わず顔を顰《しか》めました。

「苦い……」

こんなに苦いものを、祖父も、他の大人のお客さんたちも美味しそうに飲んでいます。これが大人の味なのでしょうか。大人になったら、美味しくなるのでしょうか。

眉尻を下げる私に、マスターが微笑《ほほえ》んで、白い陶器を差し出しました。

「どうぞ、お嬢さん。天の川から汲《く》んだミルクです。入れると飲みやすくなりますよ」

少し悩みましたが、私はマスターの言う通り、珈琲にミルクを入れました。

夜空に流れる天の川のように、黒い海に白い渦ができます。よく混ぜて飲むと、少し苦くて甘い、珈琲牛乳の味になりました。

「おいしい」

「それはようございました」

これなら私も珈琲が飲めます。大人への仲間入りです。

少し得意になって周りを見回すと、先ほど私を抱えて椅子に座らせてくれた青年が席を立ちました。青白い顔で、私に小さく微笑むと店を出ていきます。

窓の外には、夜の川の黒い水面が広がっていました。上流に、ぽつりぽつりと橙色《だいだい》の光が見えます。

「ほら、流れてくるよ」

誰かが言いました。

川を流れてくるのは、オレンジ色の光を灯した灯籠です。水の流れに乗った灯籠は、一つ、二つ、三つ……十を超え、百を超え、千を超え。川面にゆっくりと光が広がっていきます。

それはまるで、輝く星の天の川のようでした。

この光景を、私は昨年の夏に見ました。

灯籠流しです。お盆に帰ってきた死者の霊を送る火です。死んだ人の霊は、灯籠に乗って川を下り、海の向こうにあるあの世へ帰っていくそうです。

あの夏、私は和紙を張った灯籠に小さな蠟燭《ろうそく》を入れて、川面に浮かべました。和紙に書かれていたのは、祖父の名前でした。

あの夏は、初盆でした。

亡くなった祖父の、初盆でした。

——ああ。それでは、今、私の隣にいる祖父は。

隣を見ると、祖父は青白い顔で微笑みます。私の頭を撫《な》でる手はひどく冷たく、青い炎のようでした。冷たいグラスを持つ私の手と同じくらい、冷え切っていました。

……亡くなったはずの祖父。祖父は、私の行きたがっていた喫茶店に連れてきてくれるために、あの世から帰ってきたのでしょうか。大きくなったら連れて行くと、約束を守るために、海を、川を、長い旅路を渡って来てくれたのでしょうか。

そう思うと、私の胸はいっぱいになりました。

私と祖父の後ろでは、テーブル席の客が一人、また一人と店を出ていきます。オレンジ色の照明の下、青白い顔の客たちがマスターに見送られて出ていきました。

遠ざかる灯籠を見送る中、店の中には私と祖父の二人きりになっていました。

「そろそろ次の灯籠が来るようですよ」

マスターの言葉に、祖父は頷きました。席を立とうとする祖父の手を、私は握ります。まだ、灯籠は来ていません。

まだ行ってほしくないと縋《すが》る私の手を、祖父はそっと握り返します。祖父の背後にある窓に、灯《あか》りが二つ、揺れるのが見えました。

少女が一人、座敷に横たわっていました。

白い布団の中に寝かされた少女は、お気に入りの水玉模様のワンピースを着ています。夏だというのに、冬用の長袖のワンピースを着ていても、少女は汗一つかいていません。

動かない胸には、タオルが巻かれたドライアイスの板を抱かされています。かさかさと乾いて冷えきった手を、母親が握っています。

夏休みに、亡き祖父の家に遊びに行くのを楽しみにしていた少女。

祖父のお気に入りだった喫茶店に、今年こそは行くのだと張り切っていた少女。

海で溺れて命を落とし、通夜《つや》を行う彼女の周りには、親戚が集まって最期のお別れをしていました。すすり泣く声が、仏壇のある座敷に静かに響いていました。

アンコール

青山美智子

水無月《みなづき》くんがコーヒーを注文したとき、私はテーブルの下でぐっと握りこぶしをつくった。よし、ここまでは願い通り予定通り、順調。あとは賭《か》けに出るだけ。

私たちはイベント会社に勤めていて、水無月くんは別部署の後輩だ。私は企画部で、彼は営業部にいる。今日は昼過ぎまで、一緒に担当しているインディーズバンドのミニライブがあった。土曜日の休日出勤。ライブはアンコールが二回出るほど盛況で、私たちの仕事は日が暮れないうち無事に終わった。

駅までの道すがら、私は並んで歩く水無月くんに「疲れたね。そのへんでお茶していかない？」と誘った。

午後三時半。昼食は仕出し弁当で済ませたし、夕食にはまだ早い。

私の言葉に水無月くんは「あ」と言って、戸惑った表情で腕時計を見た。その仕草は私を少なからずひるませた。このあと用事があるのか、それとも、私とお茶するのがイヤなのか。

「あ、予定があるならべつに」

私はなんでもないふうを装い、あらぬ方向を見ながらつとめて明るく言った。

「いえ、大丈夫です。特に予定は。日向《ひなた》さんがよければ行きましょう」

水無月くんは感じよく笑った。でもそれなら、どうしてとっさに腕時計を見たんだろう。ちりっと胸が痛む。私もかつて、気の進まない突然の誘いに、断る理由を考えるわずかな時間を稼ぎながらそんな所作をした覚えがある。だけど水無月くんの「喉、渇きましたよね」という朗らかな声に気を取り直し、私はガラス張りのカフェに彼を誘導した。「ここがいいかな」なんて、さも初めて目についたように見せかけて、実は何日も前からネットを駆使して探し出し、ひとりでロケハンまでした店だ。

ふたりで店内に入ると、うまいぐあいに窓際のテーブルに案内された。広いガラス窓から、道沿いに並ぶイチョウの街路樹が見える。ロマンティックだ。そして私もお茶ではなくコーヒーを注文し、向かい合う彼を見つめている。

こうしてオフィスの外でふたりきりになるのは初めてだった。企画部と営業部はフロアや業務内容が違うので、ふたりになる偶然も必然もなかなか訪れない。今回のライブイベントにしても、ミーティングはいつも誰かが一緒だった。

ライブの感想や軽い冗談を交わしながら笑い合う。アンコールを叫ぶ客の熱量を讃《たた》え、バンドの未来に希望をふくらませる彼の優しい口調に私は満たされた。

二十五歳の水無月くん。三十二歳の私。

七歳の年の開きを、彼はどう感じているのだろう。女が三歳ぐらい年上のカップルなら、いっぱいいる。むしろちょっといい感じかもしれない。

三歳と言わずとも、もう少しだけ、せめて五歳違いだったら……。

そのとき、「もう少しなんだよなあ」という声が頭の奥で響いた。

二年前に別れた恋人のセリフだった。私にとって「もう少し」は呪いの言葉だ。忘れようと努力しているのに、こんなふうに思い出しては落ち込んで自滅してしまう。振り払おうとすればするほど、その言葉はしつこく私の体にまとわりついてくる。

つきあっていたころ、女子会をしていた居酒屋で偶然、彼を見かけた。私の知らない男友達と飲んでいた。驚かせようと背後からそっと近づいたら、私に気付かないいま彼が友達としゃべっているのを聞いてしまったのだ。

「俺の彼女って、なんていうか、もう少しなんだよなあ」

つきあって半年、なんとなくうまくいかなくなってきたなと感じてはいた。私は恋人として可もなく不可もなく、ルックスも普通で刺激も癒しも足りず、もう少しの積極性ともう少しの盛り上がりに欠けているのだと、彼は早口でまくしたてた。

「思ってること言わないし何考えてるかわからないんだよな。いい子なんだけどね」

いい子じゃだめだったらしい。悪い女ぐらいのほうが良かったらしい。

私は彼に声をかけず、そのまま席に戻った。そしてこちらから連絡するのをためらっているうちに、彼のほうから「他に好きな人ができた」と別れを告げられた。そのときでさえ私は何も言えなかった。そういうところも、もう少しだったのだろう。だから今度誰かを好きになったら、もう少しを踏み越えられる私になろうと思っていた。水無月くんは、あれからようやく見つけた恋だ。

ふと、会話が途切れて間ができる。水無月くんはまた、腕時計をちらっと見た。とたんに心がちぎれそうになる。本当はもう帰りたいのかもしれない。気を使って合わせているだけかもしれない。彼をここに留《とど》めておくにはどうしたらいいんだろう。思わせぶりに甘えてみるか、それとも、他の男性の話をして気を引いてみるか。

重い女と軽い女、どっちが困る？　ちょうどいいウェイトが、私にはわからない。

「ここって、ホテルなんですね」

ペーパーナプキンにプリントされた文字を見て、水無月くんが言った。ぎくり、と心臓が音をたてる。ホテル・ランコントルのロゴ。その下にプティ・シャンスと店の名前が記されていた。

そうなのだ。このカフェは大きな赤い庇《ひさし》が目立って、外からだと独立した店に見える。道をただ歩いているだけでは、ホテルの一階だとは気づきにくい。目論見《もくろみ》がばれたかと思ったけど、私の下心なんて水無月くんはたぶん想像もつかないだろう。

「えっ、そうなんだ？」

ホテルだとは知らなかったふりをして、そして、そんなことはどうでもいいというふりをして、私はカップに口をつける。不自然にならない程度に、ちびちびと飲む。カップの中のコーヒーがなくなったら、このカフェでの時間がおしまいになるから。

水無月くんのカップの底が見え始めた。あとひとくちで、彼はきっとコーヒーを飲み終えてしまうだろう。私はそわそわと、店内を見回した。

「コーヒーのおかわりは、いかがですか」

白いブラウスのウエイトレスが、恭《うやうや》しくコーヒーポットを掲げている。

きた。

心拍数が上がる。

私は、この瞬間に賭けていた。

普通の喫茶店では、なかなかこうはいかない。私はわざわざ、コーヒーのおかわりが回ってくる、ホテルのカフェを選んだのだ。

水無月くんがいつもコーヒーを好んで飲んでいることを、私は知っていた。このカフェに誘って、彼がコーヒーを注文することを期待した。そして。

もしも、水無月くんがコーヒーのおかわりをしてくれたら。

それは、まだ私と一緒にいたいと思ってくれている証だ。

そうしたら告白しようと決めてきた。

仕事終わりにカフェで過ごそうという私からのアンコールを、水無月くんは受けてくれた。そしてこのふたりの時間に、彼からのダブルアンコールはかかるだろうか。

銀製のコーヒーポットが光る。私は水無月くんの答えを待つ。水無月くんはまったく躊躇《ちゅうちょ》なく、ウエイトレスに向かって穏やかにほほえんだ。


「いえ、もうけっこうです」


――――惨敗。

自分自身に言われた気がした。いえ、もうけっこうです。

私が年上だから、先輩だから、お茶の誘いを断れなかったんだろう、きっと。

もう少し、若かったらよかった。

もう少し、可愛《かわい》かったらよかった。

でも、未練がましくカップに残っているコーヒーを見て、はっきりとわかった。私の恋がうまくいかない理由は、そこじゃない。どうにもできないことのせいにしてる、みっともない自分のせいだ。おかわりに恋の行方を賭けるなんて、水無月くんの選択にゆだねている怖がりな自分のせいだ。何も変わっていないじゃないの。

やっぱりまだ、もう少しだ。自己嫌悪の中、私は一気にコーヒーを飲みほした。


水無月くんは、今度はしっかりと腕時計に目をやり、テーブルの上に置いていたスマホをズボンのポケットに入れた。それは間違いなく、延長終了の合図だった。

泣き出しそうになるのをこらえ、私は伝票に手をやる。こちらからもお開きのサインを示さなければみじめだった。

「ここは僕が」

水無月くんも手を伸ばしてくる。私はせいいっぱい笑って首を横に振った。

「誘ったの、私だし」

年上だし、という言葉を飲み込む。姉さん風を吹かせても卑屈っぽくなるだけだ。

水無月くんは私が持っている伝票の端をぐっとつかんだ。ふと水無月くんを見ると、彼は意を決したように言った。

「シネマスターって、知ってます？」

「……え？」

「僕と映画、観に行きませんか。この近くの単館なんですけど、今日の上映、四時半からなんです。その、ご迷惑でなければ」

驚いている私の顔をじっと見ながら、水無月くんは力強く続けた。

「日向さんと一緒にいたいんです。もう少し」

「もう少し」の、ダブルアンコール。呪いが解けた。

私も腕時計を見る。急がなくては。私も一緒にいたいって、水無月くんにちゃんと伝えなくては。映画が始まるまでの、もう少しの間に。

ピートの春、その後

乾緑郎

この管理釣り場のロッジにあるカフェの壁には大きなコルクボードがあり、色とりどり、大小さまざまな毛鉤《フライ》が刺さっている。

カフェの名物であるカレードリアを口に運び、ブラックコーヒーで喉の奥に流し込みながら、僕はコルクボードを眺める。

これは、カフェを担当する管理釣り場の従業員が考えたアイデアだ。誰でも好きに自分が巻いた毛鉤をここに置いて行くことができ、また勝手に持って行ってもいいというルールになっている。毛鉤は見た目にも面白いものが多いから、壁を彩る飾りとして、このカフェの名物となっていた。

管理釣り場というのは、その名の通り、自然河川の一部や池などを、漁協や民間企業などが管理運営している釣り場のことだ。自然渓流は、通常は十月から二月末頃まで、禁漁になっている。岩魚《いわな》や山女《やまめ》などの繁殖期がその頃だからだ。

僕のような普段は渓流で釣りを楽しんでいるフライマンは、禁漁期に入ると、大人しく家に籠《こも》って来シーズン用の毛鉤を巻いているか、海釣りなどの他の釣りに出掛けるか、もしくはこういった禁漁の制限のない管理釣り場にやってくることになる。

数年前まで、僕はピートという名前の猫を飼っていた。

彼は僕の相棒で、釣りに出掛ける時はいつも一緒だったが、さすがに管理釣り場はペットの持ち込みは禁止のところが多く、僕がこうやって禁漁期に管理釣り場にやってくるようになったのは、彼が他界してからのここ数年のことだ。

僕は再びコルクボードを見上げた。そこにはピートがいた。いや、正確には、ピートの抜け毛で巻いた毛鉤が刺さっていた。

フライマンは通常、自分で使う毛鉤は自分で巻くが、同じパターンでも、巻く人によって微妙に個性が出る。僕がピートの毛で巻いたのは、本来は兎《うさぎ》の耳毛を使って巻く「ヘヤーズイヤーニンフ」というパターンだったが、何しろ猫の毛を代用しているので、見た目はごわごわの綿埃《わたぼこり》みたいで、あまり良いとはいえない。

禁漁期に入ってからは、僕は毎週末、この管理釣り場に通っている。だが、いつまで経《た》ってもピートの毛で巻いたニンフを持って行く人はいなかった。やはり色が綺麗《きれい》なものや、本物の昆虫かと思うような見映えのいい毛鉤の方が先に消えていく。

だが、見た目が美しい毛鉤と、釣れる毛鉤とは、またちょっと違う。ピートの毛で巻いたニンフは明らかに後者だった。見た目の悪さとは裏腹に魚には大人気で、びっくりするほどよく釣れた。それを僕以外の誰かにも体験して欲しくてコルクボードに刺したのだが、残念ながら、今のところは誰にも見向きもされていないようだった。

そのピートの毛鉤がコルクボードからなくなっていたのは、翌週のことだった。

朝から釣りをしていて、昼食を摂《と》るためにカフェに入った僕は、顔見知りの店員に、どんな人が持って行ったのか聞いてみたが、わからなかった。いつ誰が持って行ってもいいというルールだし、店員もいちいち気に掛けてはいられないだろう。

僕は少し嬉《うれ》しくなって、フィッシングベストのポケットに入っていたケースから、ピートの毛で巻いた毛鉤を新たに取り出すと、コルクボードに刺した。

食事を終えると、僕は管理棟のロッジ内にあるカフェを出た。店の入口にあるロッドスタンドに立てかけていた自分の竿《ロッド》を手にし、フィールドに出る。

管理釣り場といってもピンキリで、中には川原《かわら》や池畔に掘っ立て小屋のようなものがあって、そこで券を売っているだけのようなところもあれば、この『Y川フィッシングビレッジ』のように、立派な管理棟があって、温水シャワー付きの綺麗なトイレや、休憩や食事のできるカフェ、バーベキュー施設や、釣り用品を売るショップなどを完備している管理釣り場もある。

Y川の一部を整備して運営されており、川原は歩きやすいように砂利《じゃり》を入れて均《なら》されていた。川幅も広く、流れも緩やかで透明度の高いY川の流れの中に、放流されたニジマスなどの魚が泳いでいるのが、肉眼でも無数に目に入った。

自然渓流ではまずお目に掛からない光景だが、釣りやすく敷居が低い分、管理釣り場は初心者の姿も多い。客の八割くらいはルアー釣りだったが、ちらほらとフライフィッシングをやっている者もいた。その中に一人、明らかな初心者がいた。

フライフィッシングは、文字通り毛ほどの軽さしかない鉤《はり》を扱うので、遠くまで飛ばすのに、ラインそのものの重さを利用する。そのため、上手《うま》くフライラインを扱うには多少の練習が必要だが、これは少し難しい。フライを始めたのはいいが、とうとうキャスティングができるようにならず挫折してやめてしまう人もいるのだ。

本当は、ふわりと自然に毛鉤を水面に着水させなければならないのだが、その初心者は、水飛沫《みずしぶき》が上がるほど強くラインを水面に叩《たた》き付けていた。わざとではなく、思うようにラインを扱えずにそうなってしまうのだろう。あれでは目の前に何十匹と魚がいても、全部散って逃げてしまう。見ていてあまりにも歯痒《はがゆ》くて、少し教えてあげたい衝動に駆られたが、その初心者は女性だった。二十代後半くらいだろうか。

だから、ちょっと声を掛けるのは躊躇《ためら》われた。釣り業界では、もう何年も前から「釣りガール」を流行《はや》らせたがっている風潮があるが、少なくとも僕は、釣り場に女性が一人で釣りに来ているところを見たことがない。女性が釣りをしている場合、大抵は彼氏や旦那さん連れか、複数名のグループと一緒だ。

その初心者の女性も、きっと連れがいるのだろうと思った。今はトイレにでも行っているか、休憩でもしているのだろう。僕のような見も知らぬ男が、親切心からでも声を掛けたりしたら、誤解されたり変な空気になるに決まっている。

そう考え、僕はその初心者の女性に背を向けて、人の少ない奥の方のフィールドへと向かった。その日はそれで終わりだった。

翌週も、昼食のために管理棟のカフェに立ち寄ると、コルクボードに刺してあったピートの毛鉤はなくなっていた。この毛鉤が特別によく釣れることに気づいた人がいるのだろう。そう思い、僕はまた新たにピートの毛鉤を取り出し、それを刺した。

「あ、あのっ」

背後から急に声を掛けられたのはその時だった。

僕が振り向くと、そこには背の低い女性が立っていた。髪の毛をうっすらと脱色しており、釣りとは少し似つかわしくない、お洒落《しゃれ》な雰囲気のある子だった。

「その毛鉤、すごくよく釣れますよね！」

急に女の人に声を掛けられたので狼狽《うろた》えてしまい、僕は曖昧に頷《うなず》く。

「私、どうしてもお礼が言いたくて、お店の人に聞いたら、その毛鉤を置いて行く人、毎週末の今くらいの時間に、いつもカフェにご飯を食べに来るっていうから……」

すると、僕が来るのを待っていたということか。

「お礼って？」

「私、フライ釣りを始めてから、ずっと一匹も魚が釣れなくて、その毛鉤でやっと初めて釣れたんです！」

テーブルに移り、一緒にお昼ご飯を食べながら話すことになった。

「君、もしかして先週もこの管理釣り場に来てた？」

ふと思い出し、僕は口を開いた。水面をバシャバシャと叩いていた、あの初心者の女性と、目の前の彼女が似ている気がしたからだ。

「ええ。ニアミスしてたんですか？」

「一人で来ているの？」

やっぱりそうか、と思いながら僕が言うと、彼女は「はい」と言って頷いた。

「私、映画が好きで、ブラッド・ピットのファンなんです。それで……」

「もしかして、『リバー・ランズ・スルー・イット』を観たの？」

「そう！　そうなんです」

ぱっと輝いたような笑顔を彼女は見せた。

それは、ロバート・レッドフォード監督、ブラッド・ピット主演で撮影された、一九九二年公開の映画だ。釣りを通じて親子や兄弟の絆《きずな》を描いた映画で、美しい渓流で華麗にフライフィッシングをする光景を映したシーンが、当時は話題になった。

「観たんですか？」

「僕もあの映画の影響でフライを始めたから……」

実際、『リバー・ランズ・スルー・イット』に憧れてフライを始めたという人は意外と多いのだが、女の子が一人で始めるのは、かなりの思い切りが必要だ。

「私、釣りなんてしたことないし、周りに教えてくれる人もいなくて……。でも、どうしてもやってみたくて道具を買って始めたんですけど、全然釣れなくて……」

　それでもやめようと思わなかったんだから、彼女はきっと釣りに向いている。

「それで私、もう一生、釣れないんじゃないかって落ち込んじゃって、ロッドを地面に置いてラインを垂らしたまま、座ってぼーっと川面を眺めていたんです。そしたら釣れたんです！　何もしてなかったのに」

　それはたぶん、長く放《ほ》ったらかしにしておいたのが逆に良かったのだろう。水面をバシャバシャ叩いて魚を散らすよりは、毛鉤を沈めたまま、何もせずに魚が落ち着くのを待った方が、まだ釣れる可能性がある。

「その時に付けていたのが、あの毛鉤だったんです。もうびっくりしちゃって」

　魚が釣れた時の話をする彼女は、とても楽しそうだった。

「あの毛鉤、何か秘密があるんですか」

「あれは、僕が一緒に暮らしていた猫の毛を使って巻いてあるんだ」

「そうなんですか。私も猫、大好きです」

　彼女はご飯を食べながら、僕の相棒だったピートという猫と、彼と一緒に通った沢の思い出話に、じっと耳を傾けてくれた。最後の方は、少し涙ぐんでいるようだった。

　食事を済ませ、カフェを出る時に僕が二人分を払おうとすると、彼女が慌てた様子で言った。

「お礼のために私から声を掛けたんだから、私が払います」

彼女が固辞するので、払ってもらうことにした。僕は少し勇気を出し、彼女に言う。

「午後も釣りを続けるの？」

「はい。そのつもりですけど……」

「もし良かったら、お昼ご飯代のお返しに、僕が少しフライのキャスティングをお教えしましょうか？」

「いいんですか？　やったあ！」

彼女は無邪気に明るい声を上げる。可愛《かわい》らしい人だと思った。

入口にあるロッドスタンドから、それぞれの竿を手に取り、並んでカフェを出て、フィールドに向かって川原を歩いて行く。

その時、ふと背後から猫の鳴き声がしたような気がした。

「あれっ？　今、猫の鳴き声が聞こえませんでしたか？」

彼女の方が先に、そんなことを言って振り向いた。

僕も頷いてそちらを見る。だが、そこには猫などおらず、彼女はきょろきょろと辺りを見回して不思議そうな顔をしている。

その鳴き声は、「おい、俺の毛鉤はよく釣れるだろ？」と、ピートが言っているように思えた。「あとはうまくやれよ」と。

雨の日のモーニング

Swind

人影の無い静かな通りに、急に降り出した雨が強く打ち付けている。

古いビルが連なるその合間を、スーツ姿の男が一人、慌てた様子で走っていた。

男は商店の軒先へと避難すると、身体についた滴を拭いながら天を見上げる。

雨はますます激しさを増し、とてもすぐには止《や》みそうに思えなかった。

普段なら鞄《かばん》に折りたたみ傘が入っているのだが、今手元にあるのは出張用のボストンバッグ。名古屋に来る前に移すのを忘れていたのが悔やまれる。

近くにコンビニでもあればと辺りを見渡してみたものの、シャッターが閉まった商店が並ぶばかり。気温も下がってきたようで、少し肌寒さも感じ始めた。

さて困ったぞ――。

男がどうしようか悩んでいると、少し離れた所にあるビルの入り口に、ピカッ、ピカッと、まるで灯台のように規則正しく明滅する光を見つけた。古びた立て看板の上で黄色のパトランプが回っている。どうやら喫茶店があるようだ。

ここで待っていても仕方が無い。男はふぅと息をつくと、ザアザアと降りしきる雨の中へと一目散に飛び出した。

ビルへとたどり着いた男が階段を下ると、突き当たりにあったのは古びた木製の扉。

その重い扉をギィと押すと、カランカランカラーンとベルの音が響いた。

中に入ると、カウンターの内側にいた店主らしき女性から声がかかる。

「いらっしゃいませ。お好きなお席へ……、あらら、こんなに濡《ぬ》れてしまって」

「ああ、急な雨にやられてしまってね。すぐに拭くので……」

男はそう言うと、ハンカチを取り出そうとポケットに手を入れる。

すると女店主は、棚から白いタオルをさっと取り、男へ差し出した。

「どうぞ、こちらをお使いください」

「おお、これは助かる。いやはや、申し訳ない」

「いいえ、こういう時のためにご用意しているものですので。おしぼりもどうぞお使いください」

店主がウォーマーからおしぼりを取り出し、袋を開けてから男に渡す。

濡れて冷えてしまった顔に熱いおしぼりを当てると、何とも心地が良い。男はようやく、ふぅ、と一息ついた。

白熱電球が灯る少し暗めの店内は、いかにも昔ながらの風情が漂う空間だ。レンガ造りの壁にかけられた大きな柱時計が、カチコチと時を刻んでいる。

精巧に動く年老いた機械に男が見とれていると、店主が声をかけてきた。

「お席はどちらにされますか？　ご覧の通り席は空いておりますので、どうぞお好きなところへ」

「ああ、済まない。そうだな……。せっかくなので、こちら、よろしいかな？」

男がカウンター席を手で指すと、店主は微笑《ほほえ》みで答えた。

ボストンバッグを足下に置き、木製のカウンターチェアにゆっくりと腰を下ろす。

メニューに目を走らせていると、水と新しいおしぼりが手元に置かれた。

「ご注文はお決まりですか？」

「そうだな、ではブレンドコーヒーを一つ。それと、何か軽く食べたいんだが……」

「それでしたら、モーニングはいかがでしょうか？」

「モーニング？」

「ええ、名古屋の喫茶店はモーニングのサービスが定番なんです」

「ああ、それは聞いたことがある。しかし、今は時間外なのでは？」

男はそう言うと、柱時計をチラリと見る。ちょうどその時、柱時計がボーンボーンボーンと三度鐘を鳴らした。モーニング《朝》と呼ぶにはいささか不釣り合いな時間だ。

しかし、店主は笑みを浮かべると、ゆっくりと頷《うなず》く。

「名古屋では一日中モーニングをやっているお店もあるくらいですから。でも確かに、こんな時間にモーニングを出しているのはうちの店ぐらいかもしれませんね」

「なるほどなぁ。では、せっかくだからモーニングを頂こうかな」

「かしこまりました。それでは少しお待ちくださいませ」

店主はそう言うと、早速オーブントースターのタイマーをそっとひねった。

せっかくカウンターに座ったのだから手元でも眺めていようかと思ったが、他に誰もいない店内でじっと店主ばかりを見つめているのも少々気が咎《とが》める。

男は少し思案すると、スーツのポケットからスマートフォンを取り出し、すっと指を滑らせた。


「お待たせしました。こちらがブレンドコーヒー、それとモーニングです」

「ありがとう、えっ……」

出てきた料理を目の当たりにし、男が思わず声を詰まらせる。それは予想を遥《はる》かに超えるものであった。

木皿の上には、やや薄めのトーストが二枚。こんがりときつね色に焼き上がった表面にはたっぷりとバターが塗られ、その横には小豆の餡《あん》が添えられている。

それとは別に用意されたプレート皿には、まだ湯気が立ち上るベーコンエッグにキャベツと人参のサラダ、それに小さな串カツまでついていた。

さらには味噌汁《みそしる》の椀《わん》、そして蓋《ふた》付きの湯飲みまで並んでいる。その傍らにはなみなみとコーヒーが注がれた厚手のカップも添えられていた。

「いや、こ、これは……」

あまりのボリュームに男が戸惑いを見せる。

するとと、店主はにこっと笑みを浮かべ、言葉を付け加えた。

「実は普段のモーニングでは、この味噌串カツと小倉あんはお付けしてないんですよ。でも、お客様は遠方からいらしたのかなと思いまして、少しだけですがオマケさせていただきました」

「なるほど。いや、それはまた申し訳ない。タオルの気遣いまで頂いたというのに」

「いえいえ、こちらが勝手しただけですから。それでは、どうぞごゆっくり」

女店主は軽く頭を下げると、まな板の片付けに取りかかった。

せっかくのご厚意を無にしてはいけない。男は早速手を合わせると、まずはトーストに手を伸ばした。

焼きたてのトーストをちぎると、ふわっと湯気が立ち上る。まずはそのまま一口。サクッとした食感に、バターの塩気が何とも心地よい。そしてそれを追いかけるように、ふんわりとパン生地そのものの甘みが口いっぱいに広がる。店の佇《たたず》まいによく似合った、昔ながらのトーストの美味《おい》しさだ。

残したトーストの片割れには、小豆の餡を塗りつける。餡の甘さとバターの塩気、この対比が何とも楽しい。なるほど、これが噂《うわさ》に聞く名古屋の小倉トーストの美味しさなのか。

一枚目のトーストを食べ終えると、男はコーヒーカップに手を伸ばした。琥珀《こはく》色というにはかなり色が濃い。「悪魔のように黒い」という言葉がよく似合う一杯だ。しかし、その色目とは裏腹に苦みは少なく、コーヒー豆の旨味《うまみ》がたっぷりと感じられる。小倉トーストの濃厚な美味しさに負けない、しっかりとコクのある重厚なコーヒーだ。

小さな串カツもまた、田楽味噌のような甘めの味噌ダレとサクサクの衣、そして肉の旨味が上質なハーモニーを奏でている。

ベーコンエッグの焼き加減も完璧。黄身は見事な半熟に仕上がっていた。せっかくなら、この黄身を余さず頂きたいところ。さて、どうやって食べようか――。

男はチラリと顔を上げると、店主が小さく頷いた。やはりそういう意図のようだ。男は二枚目のトーストの上にサラダ、そしてベーコンエッグを載せ、パタンと折りたたむ。プリンとした白身、ベーコンの旨味、野菜のシャキシャキとした食感。そして濃厚な黄身がとろけ出すと、自然と笑みが浮かんでいた。

湯飲みの蓋をとると、中には茶碗蒸《ちゃわんむ》しが入っていた。しかもご丁寧にうどん入りである。いやはや、これが「コーヒーに付くサービス」とは。名古屋らしい赤出汁《あかだし》の味噌汁をすすると、男はうん、うん、と何度も頷いた。

モーニングをしっかりと堪能した後、男は女店主にコーヒーのお代わりを注文する。

しばらくすると、男がはっと目を開いた。

「いかんいかん、うっかり寝入ってしまっていたようだ。申し訳ない」

「いえいえ。こんな時間ですもの、眠くもなりますわ。コーヒー、今ご用意いたしますね」

店主からコーヒーを受け取ると、湯気が立ち上るカップをすっと口元へと運ぶ。

熱く濃いコーヒーが、一度眠りかけた身体を再び目覚めさせていった。

男はコーヒーを飲み終えると、二杯分のコーヒーの代金をカウンターに置く。

「ありがとう。大変世話になった」

「こちらこそご来店ありがとうございました。今日はこれからまたお仕事ですか？」

「いや、今日はもう帰るだけだ」

「それなら良かったですわ。どうぞゆっくり休んでくださいませ」

「そうだな。いやしかし、この後どこかで一杯お付き合い頂けるなら……」

男が悪戯《いたずら》めいた笑みを浮かべると、店主もまた微笑みで答える。

「それは素敵なお話ですわね。でも、お誘い頂くには少々時間が早すぎますわ」

店主の言葉に応えるかのように、柱時計がボーンと一つ鐘を鳴らす。時計の針は五時半を指していた。

「確かにいささか早すぎるな。それでは次に名古屋へ来るタイミングでお誘いさせて頂くとしよう。また、寄らせて頂いても良いかな？」

「ええ、またのご来店、お待ちしております。では、行ってらっしゃいませ」

店主の見送りに会釈で応えると、男が滴で濡れたビルの階段をゆっくりと上っていく。

いつしか雨は上がり、空はすっかり明るくなっていた。道路に残った水たまりが朝日に照らされ、キラキラと輝いている。

もう地下鉄も動いている頃合いだが、歩いた方が腹ごなしになるだろう。

男はスマートフォンを取り出してアプリを立ち上げると、始発で予約しておいた新幹線の座席指定を二本後のものへと変更した。

名古屋では朝の早い時間から開く喫茶店が多いとは聞いていたが、さすがに午前三時よりも前に開いている店があるとは思っていなかった。深夜仕事に大雨と災難続きだったが、それが素晴らしい出会いに繋《つな》がったと思えば、出張の疲れも癒やされる。

男はボストンバッグを持ち直すと、深みのあるコーヒーの香りの余韻に浸りながら、名古屋駅に向かって歩き始めた。

迷庵にて　三好昌子

――茶処「迷庵《めいあん》」にて、お待ちしております――

そんな招待状が届いた。小春日和の穏やかな昼下がりだった。この日を待ちわびていた私は、あまりにも興奮してすぐには部屋を出ることができなかった。

(何を着ていこうか)

それがまず問題だ。

クローゼットをひっくり返し、今日という日のとっておきを探す。服の色だけが問題ではない。口紅の色も悩みに悩んだ。

部屋を出るのに一時間はかかった。すれ違う人々が私を見る。皆、ダークな色合いの身体にぴったりしたスーツを着ているので、嫌でも私のフワフワのレモンイエローのワンピースが目立つ。

「迷庵」の扉を開く時、大きく深呼吸をした。スッと開いた扉の向こうの客席には、人の姿が見えない。店内は、コの字型をしていて、中央には緑の樹木や季節の花の植わった中庭がある。その庭が一番よく眺められる席で、あの人は私を待っていた。

「やあ、久しぶり」とあの人は言った。「元気にしてた?」と私は言う。

いつもと同じ恋人同士の会話だ。

「その服、可愛いね。よく似合っている」とあの人はさらに言った。

「君にはピンクがよく似合う」

「そうね」と私は頷《うなず》いて、にっこりと微笑《ほほえ》みかける。そうして、私は溢《あふ》れそうになる涙をごまかした。

運ばれてきたのは、いつもの紅茶。あの人はダージリン。私はアールグレイのミルクティー。添えられているクッキーは、チョコとバニラのハート型。

お茶を一啜《ひとすす》り。クッキーを一かじり。あの人はクッキーを食べない。だから私があの人の分も食べる。

チョコは少し苦い。バニラはほんのり甘い。

「愛してる」とあの人は言う。「私も」と答えると、なんだか胸が詰まった。

いつも会うたびに、繰り返してきた、言葉。

「結婚式はいつがいい？」

「そうね、春がいいわ。桜の花が満開になる頃……」

（それは、いったい、いつ？）

「僕は秋がいい。今日のようなお天気のいい日。空は青くて、木々が色とりどりに染まって、世界が祝福してくれる」

「そうね。とても素敵ね。私も秋がいい。そうしましょう」

紅茶を一口……。クッキーを一かじり。チョコは苦い、バニラは甘い。

他愛のないおしゃべり。あの人は優しく微笑んでいる。

涙が零《こぼ》れた。一粒、二粒……。私は胸が裂かれるように辛《つら》いのに、あの人は笑っている。いつもと同じ、優しい笑顔で。

「結婚式は、いつがいい？」

あの人は繰り返す。

「その服、可愛いね」

「君にはピンクがよく似合う」

ああ、なぜ私は……、ピンクの服を着てこなかったのだろう。

「レモン色もいいね」なんて、言ってくれるはずはないのに。

中庭には雨が降っている。

（あの人が差しかけてくれた傘は何色だったのだろう？）

もう一度、雨の中を歩いてみたい。突然の夕立に駆け込んだカフェの店先で、私は初めてあの人に出会った。

――傘を貸しましょうか。それとも、この店で一緒に紅茶でも飲みませんか。ここは素敵な店なのですが、カップルが多くて、一人では入りにくいんです――

少し照れたようなあの人の顔を、今でもはっきり覚えている。

「ねえ、あの日、あなたが差していた傘は、どんな色だったかしら？」

尋ねても、あの人はただ笑っているだけだ。

紅茶を一口、クッキーを一かじり。チョコは苦くバニラは甘い。あの人は優しく、私は悲しい……。

「そろそろご精算を」

と、店員が言った。私は彼にカードを渡す。

「来月の招待状のご予約はいかがいたしますか」

尋ねられて、私は彼に言った。

「記憶再生メモリーの新規更新はできるかしら？」

「できますが、その場合、少々割高になります」

私は目の前に座るあの人を見た。あの人は微笑んだ顔のまま止まっている。

「構わないわ。まだ他にも、私の頭にはあの人の思い出があるから」

店を出た時、あの人の傘の色が頭に浮かんだ。

（あれは、透明な傘だった）

雨上がりの空に、大きな虹がかかっていた。その虹を、二人は傘を通して眺めていたのだ。

数日後、休暇を終えた私は宇宙航路の船に乗った。私の仕事は通信士だった。

「今度、地球に戻ったら、またこの店で会いましょう」

そう約束して、私たちは別れた。

迷庵を出ると銀色の輝きを放つメタリックの廊下に出た。行き交う人々の中で、私の姿は明らかに浮いている。皆、見て見ぬ振りをする。理由は、彼等《かれら》も「迷庵」の常連だからだ。

——会員になれば、もう二度と会えない人から招待状が届きます——

ここで暮らしていくことしかできない者たちにとって、それはまさに殺し文句だった。

データ化した記憶から、仮想現実の世界で、愛《いと》しい人と一時を過ごせる。家族にも恋人にも友人にも会える。そのささやかな喜びがなければ、とてもここでは生きていけそうもない。

そんな人々を救うためのシステムが「迷庵」だった。

私は視線を窓の外へ向けた。銀色の粉を振りまくような星々が、視界に広がっているだけだ。すでにこの宇宙船は銀河を越えた。

私が宇宙へ向かった後、地球は破壊された。原因は誰にも分からない。あるいは、船のトップクラスの何人かは見当がついているかも知れない。ただ乗員のほとんどは、失ったものの、あまりの大きさに心身のバランスを崩してしまった。未だに現実と向き合えない者もいる、この私のように……。

「迷庵」システムの存在が、私たちにとって良いのか悪いのかは、定かではない。私たちの船は、行き場を失って広大な宇宙を彷徨《さまよ》っている。生存に必要な循環システムが働いているうちは、私たちの生命は保証されているのだ。

「結婚式はいつがいい？」

あのまま地球が存続していれば、私とあの人の間にそんな未来もあったかも知れない。今となっては、わずかな記憶を頼りに、私は二人の物語を紡《つむ》いでいくだけだ。

あの人も地球も、もはやどこにもないというのに……。

「結婚式は、いつがいい？」

「そうね……」

今度はいつにしましょうか？


「お連れ様は？」

行きつけのカフェの店員が、怪訝《けげん》そうな顔で紅茶のカップを置いた。僕の前にはダージリン、向かいの席にはアールグレイのミルクティー。

「もうじき来ると思います」

僕はにっこり笑って答える。店員は新入りのようだ。カウンターではマスターが小さくため息をついてかぶりを振った。

もう何十回も、僕はここで来る筈《はず》のない君を待っている。ミルクティーがすっかり冷めてしまうまで……。

　この店の前で、雨降りの日に出会った君を僕はお茶に誘った。「カップルばかりで一人では入りにくい」なんて、言い訳をして。

　ある日、君は宇宙へ行くのだと言った。

「帰って来るのは二年後だけど、また会えるかしら？」

　頬が君の着ているブラウスのようにピンク色に染まっていた。

　けれど君の乗った船は、地球を飛び出した後に消息を絶った。エンジントラブルによる事故で宇宙船が爆発したというニュースが流れたが、もちろん、僕はそんなものは信じてはいない。

　こうして待っていれば、きっと君は帰って来る。今もそんな気がしている。

　冷たくなったミルクティーを飲み干して、僕は店を出た。透明な傘を差すと、しばらくして雨は止《や》んだ。傘を透かして虹が見える。

「虹色の傘ね」と君は言った。

「私、あの虹を越えて行くの」

　君は今も虹の向こうにいるのだろうか……。

　僕が待ち続けていることを、知っているのだろうか……。

儲け話　塔山郁

全国展開しているカフェチェーンのコーヒーが好きだ。香りもコクも風味もない、ただ薄いだけの褐色の飲み物を、時間をかけてゆっくり飲み干すのが、俺の休日の過ごし方の定番だ。あんな代物によく金を出せるな、と嗤《わら》う輩《やから》もいるが、電源とフリーWi-Fiがセットになっていると思えば、わざわざ文句を言うこともない。

そういうわけで俺はその日も新宿のカフェにいた。咲きかけた桜が見える窓際の席に陣取って、朝からスマホで趣味の情報収集にいそしんだ。昼前になって、隣のテーブルの会話がふと耳に入った。

「嘘《うそ》じゃない。これを買えばお前も金持ちになれるって」

ホストのような服装の若者が二人、後ろ頭に寝癖のついた大学生風の男に何かを熱心に勧めている。

「五十万なんて絶対無理だよ。貯金はないし、親にだって借りられない」寝癖は断っているが、ホスト風二人はあきらめない。

「学生ローンを使えよ。お前、先月誕生日だったよな。二十歳を過ぎれば親の承諾なくローン契約が出来るんだ」「こんな美味《おい》しい話は滅多にないぞ。高校の同級生のよしみで声をかけてやったんだから、ありがたく思ってこの契約書にサインしろよ」

交互にまくしたてられて寝癖は困った顔になる。「実は、そのバイナリーオプションってやつを昨日やってみたんだよ。でも負けてばかりですぐに三万円がなくなった。

あんなの丁半博打《ばくち》と一緒だよ。とてもじゃないけど儲《もう》かるとは思えない」

「だからそこでこれを使うんだ」一人がポケットからUSBメモリを取り出した。「中に必勝法が入っている。これを使えば間違いなく稼げるぞ」「俺たちもこれで稼いで腕時計を買ったんだ。見ろよ。こいつがオメガで俺がロレックスだ」「金持ちになって交遊関係も広がった。最近じゃ麻布《あざぶ》や六本木《ろっぽんぎ》でパーティ三昧の生活を送ってる」

ホスト風二人は金満なリア充ぶりを自慢するが、寝癖は怯《おび》えたように首をふった。

「いいよ。そういう派手な世界に興味はないし……」

「金持ちになれば、芸能人が来るパーティだって顔パスで入れるぜ」「そうそう。この前は何とか坂ってグループのハーフの女の子が来ていたな」

その台詞《せりふ》で寝癖の顔つきが変わった。「何とか坂のハーフの女の子って、もしかして団子坂《だんござか》の瀬尾《せお》アリス?」

「わりい。名前は忘れちまった。俺たちそういうのに興味がないからさ」「結構、有名な娘らしかったぜ。サイン待ちの列が出来ていたからな」「もしかして、その娘のファンだった?」「悪かったな。知っていたらサインくらいもらって来てやったのに」「いやいや、そんなの必要ないさ。これを使って金持ちになれば、すぐにそういうパーティに参加できるようになる」二人はここぞとばかりに言い立てる。

「瀬尾アリスに会えるのか……。ああ、どうしよう、迷うなあ」

寝癖が頭を抱えて悩みだしたので、俺は笑いをこらえるのに苦労した。ホスト風一人の口上は典型的な詐欺師のそれだった。バイナリーオプションは為替《かわせ》の値段が上昇するか下落するかを予測する取引だ。外せば掛け金を没収されて、当たれば掛け金が倍になる。ルールが簡単なだけに必勝法はない。あのUSBメモリに入っているのは、証券会社が無料配布しているインジケーターと呼ばれるサインツールだろう。過去の動きから予想して上がるか下がるかのサインを出すが、その精度は50％に毛が生えた程度で、高級腕時計を買えるほどに勝てるものじゃない。

「結果が出なかったら金は返す。だから騙《だま》されたと思って試してみろよ」

甘い言葉にとどめを刺されて、寝癖はついに頷《うなず》いた。「……わかった。買うよ」

よっしゃ、とホスト風二人はハイタッチをした。「善は急げだ。すぐに学生ローンを契約しに行くぞ」「英会話学校に通うためだって言えば問題なく借りられるからな」

——ご愁傷さま。引っ張られるように店を出ていく寝癖の背中に向かって、俺は心の中で手を合わせた。あの二人は、これを使えば間違いなく稼げるぞ、と言っていた。その言葉に嘘はない。二人はカモにUSBメモリを売りつける商売で儲けている。結果が出なければ返金すると言ったところで、この先連絡が取れなければ意味がない。生年月日や趣味嗜好《しゅみしこう》も調べたうえで二人は寝癖を呼び出している。心を動かされた時点で寝癖に逃げる術はなかったということだ。ガラクタをつかまされて後に残るのは学生ローンの借金ばかり。カモの末路は哀れなものだ。

しかし俺は同情しなかった。五十万で済めば傷は浅いといえるだろう。これも勉強代と思って、次は騙されないようにするんだな。

しばらくすると別の二人連れが隣に座った。脱色した髪の毛を逆立てたチャラそうな男と坊主頭のおとなしそうな男だ。

「あの、加藤《かとう》に訊《き》いたんですけど、ビリオン田島《たじま》がやっていたオンラインサロンに入会できるって本当ですか」席につくなり坊主頭がテーブルに身を乗り出すようにして声を出す。声は抑えているが、生憎《あいにく》俺は地獄耳だった。

「ああ、本当だ。俺の先輩がその主宰者と知り合いなんだ」

「じゃあ、俺も紹介してもらっていいですか。加藤が入会したと聞いて、いてもたってもいられなくなったんですが」

「してもいいが金はあるのか。入会金が二十万で毎月の会費が三万かかるぞ」

「マジっすか……」坊主頭が顔をしかめる。「高いっすね」

「暗号通貨の鉄板情報が毎週末に配信されるんだ。高いと思うなら無理に入ることはない。入りたいという奴はいくらだっているんだから、お前を無理に誘うこともないからな」

「いや、入ります。金はあるから紹介してくださいよ」

「慌てるな。条件はまだあるんだよ。暗号通貨に限らず相場の取引は毎回勝てるというものじゃない。負けるときは極力額を抑えて、勝てるときに大きく勝つのが資産を増やすコツなんだ。最初に少し負けたくらいで話が違うと騒ぎだすような頭の悪い奴は正直言って邪魔なんだ。お前、忍耐力はある方か」

「大丈夫です。貯金もあるし、メンタルも強いです」坊主頭は勢い込んで頷いた。

「それならまずは入会金の二十万円を用意しな。それをこの口座に振り込むんだ。それから次に会費だけど――」

二人が声をひそめて相談をはじめたので、俺は心の中でため息をついた。

ビリオン田島こと田島卓也《たくや》は独学で金融工学を学び、暗号通貨の取引で巨万の富を築いたとされる伝説のトレーダーだ。一時テレビに取り上げられて有名人となったが、その後にコカイン使用で逮捕されて表舞台から消えている。出所後に所在不明となったせいで弟子だ、兄弟だ、愛人だと名乗る人物がネット上に現れては、金をかき集めた直後に行方《ゆくえ》をくらまし騒ぎになっている。だから投資関連の情報に詳しい人間は、ビリオン田島という名前を聞いたとたんに笑い出す。それを知らない情報弱者を狙って、ハイエナのようなちんけな詐欺師がいまだ跳梁跋扈《ちょうりょうばっこ》しているというわけだ。加藤という男とこのチャラい男はグルだろう。高い金を出してそのオンラインサロンに入ったところで、ゴミみたいな情報を配信されるのがオチだろう。

俺は再びため息をついた。寝癖といい坊主頭といい考えが甘すぎる。金儲けをしたいと思うことは悪いことじゃない。しかし舞い込んできた美味しい話に乗せられて、楽に金儲けができると信じ込むのは愚の骨頂だ。本当の儲け話は簡単なものじゃない。時間と労力をかけて必死に探し、いざ見つけたら死に物狂いで追いかけて、土下座をしてでも摑《つか》みとるべきものなのだ。

二人が席を立ってしばらくすると、サングラスをかけた背の高い女が入ってきた。女は店の中を見渡した。俺を見つけると近づいて来て、空いていた隣の席にすとんと座った。俺はポケットから出したコインロッカーの鍵《かぎ》を、誰にも気づかれないようにそっと女に手渡した。「約束の物はそこです」女は黙って頷いた。

女は政界や財界に太いパイプを持つ金融ブローカーだった。今は上場間近の未公開株をひそかに国会議員に斡旋《あっせん》する案件に関わっているそうだ。しかし金融庁の監視が厳しくなって、発覚を恐れて尻込みする政治家が多くなった。それで売れ残った半端な株式を購入する人物を探しているところだという。株を発行した企業が上場すれば、株価は二倍か三倍、あるいはそれ以上に跳ね上がる。購入の条件は現金で一千万円用意できること。そして友人や知り合いはもちろん家族にも口外しないこと。

とあるネットサロンで俺はその情報を聞きつけた。ネットサロンで購入者を探しているのは、家族や知り合いに購入を持ち掛けるとインサイダー取引を疑われる恐れがあるためだ。三名の定員に百名超の応募が殺到しているそうで、選んでもらうために俺は必死に自分を売り込んだ。もうすぐ定年を迎えるため退職金をその資金に充てられること、独身で家族も友人もいないので口外するにも相手がいないこと。数十通のダイレクトメールを送ってアピールした甲斐《かい》もあり、俺は購入者に選ばれた。

もちろん詐欺ではないかという不安もあった。自慢ではないがこれまでに両手の指では利かない数の詐欺にあってきた。根拠のない話をそのまま信じるわけにはいかない。スマホを使って検索すると、未公開株の斡旋を謳《うた》った詐欺は、振り込め詐欺と同じくらい頻繁に起こっていることがわかった。

不安を覚えた俺は『未公開株を発行している会社の名前を教えてくれ』と女に頼んだ。『それはできない』と返信があった。『相手先との信義則の問題がある。その代わりと言っては何だが信用を得るに値する証拠を実際に会ったときにお見せする』

約束の通り、最初に会ったときに女はその証拠を見せた。それは女が総理大臣や総理夫人と一緒に写っている写真だった。去年、総理大臣主催の『桜を愛《め》でる会』に招待されたときに撮ったという。合成ではない証拠に招待状の写しもあった。俺はうなった。詐欺師風情が総理大臣主催の催しに入れるわけがない。俺は女を全面的に信用して、金を預けることを決めたのだ。

「また連絡します。くれぐれも他言無用にしてください」

女は一千万円の入ったコインロッカーの鍵をポケットにしまうと、そのまま席を立って出て行った。つながりを知られないようにするために、接触は最低限にするという条件も最初に女から提示されていた。

俺は満足して、冷たくなったコーヒーを一口飲んだ。寝癖や坊主頭にこの結果を見せてやりたかった。といってもそれは彼らを馬鹿にするためじゃない。世の中にはこんな幸運もあるのだから、お前たちも頑張れとエールを送ってやりたかったのだ。

俺は再びスマホを取り上げた。これで満足するわけにはいかなかった。今回手に入れるだろう金額は、これまでに騙されて失った金額の半分以下でしかないからだ。

スマホで検索していると、あるニュースサイトの記事が目についた。『桜を愛でる会』の招待状が闇サイトで売買されているという内容だった。去年も同様のことがあったようで、セキュリティの点で問題があると野党が問題視しているとのことだった。

本当かよ。俺はその記事を三度読み返した。そして次にあの女に会ったら、こう言ってやろうと決めた。

『あなたの受け取った招待状、闇サイトで売ったりしたらダメですよ。詐欺師の手に渡って悪用されるかもしれませんからね』

面白い冗談だと女はきっと笑ってくれるだろう。俺は満足すると、新たな儲け話を求めてスマホの画面をタップした。

睡魔

梶永正史

『コーヒーは、飲んでいないときに眠らせる飲み物だ』

アルフォンス・アレー（作家／フランス）

しまった！　油断した――そう思った瞬間、地面から真っ黒い手が生えてきて俺の足首を摑《つか》んだ。必死にもがくが、まるで底無し沼に引き込まれるように沈んでいく。

やがて腕が十本、二十本と次々に襲ってきて、ついに叫び声を上げた。

ぴくりと足が跳ねて目が覚めた。電車の中だった。向かいに座るサラリーマンが好奇の目を向け、隣に座っていた女子高生は別の席に移動した。

俺は恥ずかしさの反面、安堵《あんど》もしていた。あの悪夢から逃れることができたからだ。

しかしいまのは際どかったな、と額に浮いた汗を拭う。いままでいちばん深くまで引きずり込まれてしまった。

電車を降り、目についた駅前の喫茶店に入る。どこにもあるチェーン店だ。

本日のコーヒーを注文し、入り口に一番近い席に座る。出入りが頻繁で落ち着かないがこれでいい。居心地が良いとうっかり寝落ちしてしまうからだ。

あの悪夢から逃れるために、俺はもうずっと眠っていない。

生理学的な見地から論ずれば、悪夢を見てでも睡眠はとったほうがいいに決まっている。しかし自分が見ているのは、睡眠中に脳が記憶を整理する際の副産物で、占いに使われたりもする単なる〝夢〟ではない。立ち向かわなければ、本当に〝あちら〟の世界に連れ去られ、存在を消されてしまう悪夢なのだ。その戦いに敗れれば、二度と現実に目が覚めることはないだろう。

根拠はない。だが、時として論理を超えた第六感が働くことが、人間にはある。その得体の知れない超常現象めいた危機感が、俺を睡眠から遠ざけているのだ。

自分にとって、コーヒーは覚醒を維持するための手軽な薬だ。

ただ、アルフォンス・アレーの言葉にあるとおり、睡魔から逃げれば逃げるほど、コーヒーが切れた時の落差が大きくなっているような気がする。ふっと気を抜いた瞬間に、吐き出す息に合わせて寝落ちしてしまうのだ。

さっきの〝黒い手〟は、そんな時に現れる。

出かかったあくびを熱いブラックコーヒーで流し込む。これで、しばらくは睡魔も襲ってこないだろう。

家に帰り、また濃いコーヒーを飲もうとキッチンの引き出しを開けた。そこでハッとした。買いだめしておいたはずのコーヒーがないのだ。

途端に不安に襲われた。

コーヒーなしで夜を越えられる気がしない。まだ陽《ひ》が高いうちに調達しておくべきはずだ。

最寄《もよ》りの喫茶店に向かい、鈴付きのドアを開けた。ここはコーヒー豆を売っていただろう。

「すいません、今日はあいにくコーヒーがないんです」

マスターは開口一番、申し訳なさそうに言った。

コーヒーが無い？　そんな喫茶店になんの用があろうか。

俺は別の喫茶店に向かった。しかし、そこには〝本日休業〟の札が掲げられていた。

それから町中の喫茶店を巡ってみたが、どこもコーヒーがないという。

いったい、なにが起こっているのか……。

困惑のため息をついた時だった。膝ががくんと落ちた。慌てて体を支え、意識を繋《つな》ぎ止める。睡魔が襲い、強い倦怠《けんたい》感が身体にのしかかっていた。

ここで負けるわけにはいかない。

しかし、これまでで最強レベルの睡魔を前に、目の焦点が合わせられず、歪《ゆが》んだ視界のなか、おぼつかない足取りで彷徨《さまよ》った。

試しに缶コーヒーを買ってみたが効き目がまったく現れないどころか、飲んでいる途中で寝落ちしそうになる。

ふと、輸入食品を扱う店が近くにあったのを思い出した。いつも店頭でコーヒーの無料サービスを行っていて、様々なコーヒー豆を販売している。

睡魔で朦朧《もうろう》としながら、永遠に匹敵するほどの五分を歩き、なんとか店に辿《たど》り着いた。

レジの隣にガラス張りのカウンターがあって、いつもならコーヒー豆がその中をびっしりと埋めているはずだった。

しかし、なかった。コーヒー豆が一粒も……。

愕然《がくぜん》としながら女性店員に聞いた。

「実は、私どもも困っているんです。よくわからないのですが、コーヒー豆がこの町から消えているようで。噂《うわさ》ですけど、誰かが買い占めているとか」

買い占め？　誰が、いったいなんのために……。

そこで窓の外に目をやって、息を飲んだ。あの黒い手がいたのだ。ただいつもよりも大きく、背の高さほどある。

いつの間にか寝落ちしてしまったのだろうか？　と俺は足元を見る。

悪夢を見ているときは決まって足元が沼のようにおぼつかなくなるのだが、それはない。ならば夢の中にいるわけではなさそうだが……しかし、それならどうして黒い手が？

それらは見る間に店の前に集結し、包囲しつつあった。

とりあえず脱出が先決と、店の裏口を抜けて外に飛び出した。しかしそこにも黒い手が待ち構えていて、俺は我を忘れてひたすら走った。そこで合点した。

おそらくこの町からコーヒーを消したのはこいつらなのだ。いつまでも睡魔に負けずにいた俺を連れ去るために、ついに現実世界にまで現れたに違いない。

群れになって襲いかかる黒い手から必死に逃げ、路地裏に隠れる。しかし、安堵のため息をつこうものならすぐに意識を失いそうになる。

一瞬も気を抜けなかった。睡魔が限界まできているのだ。だが負けるわけにはいかない、と俺は顔を上げた。

その時、どこからか香ばしい匂いがしてきた。これは……コーヒーだ！　しかも、魂に訴えかけるような、力強い香り！

壁によりかかりながら、その香りを手繰《たぐ》り寄せるように歩く。

すると路地の奥に見慣れない喫茶店があった。レトロ風ではなく、時間の重みを感じさせる、本物の趣があった。

「す、すいません」

なんとかドアを開けるが体がいうことをきかず、床に膝をついてしまう。まるで行き倒れた旅人のようだった。

「おや、どうしました」

椅子に座った。

顔を覗《のぞ》き込んできたのは、ひとの良さそうな初老のマスターだった。カウンター席しかない店でごめんなさい、と言うマスターの肩を貸り、よじ登るようにして腰高の椅子に座った。

「コーヒーを……コーヒーをください」

するとマスターは困ったような顔をした。

「淹《い》れたいのはヤマヤマなのですが、この町からコーヒーが消えてしまいましてね」

「で、でも、この匂いは」

「ああ。これは特別なもので、商品ではないのですが」

「そこをなんとか」

「困ったな。このスペシャルブレンドは最後の一杯なのです。それに、これはカフェインがとても強力で、一度飲んでしまったら、もう二度と眠れなくなってしまうかもしれないですよ」

それだ！　まさに、それを求めていたのだ。

話しながらも、どんどん意識が遠のいていくのが感じられた。はやくしないと、あっちの世界に連れて行かれてしまう。

「いくらでも払います。ですから、そのコーヒーを譲ってください」

俺の目を見て、本気だとわかってくれたのだろう。マスターは頷《うなず》いた。

「では、スペシャルブレンドです。どうぞ」

目の前に湯気を立ち上らせる褐色の液体が置かれた。

鼻腔《びこう》をつく力強い香り。これだ、ついに究極の一杯に辿り着いたのだ。

気配を感じて振り返ると、床を埋め尽くすほどに生えた黒い手が、蠢《うごめ》きながらこちらの様子を窺《うかが》っていた。

ざまあみろ、睡魔め。俺の勝ちだ。消えろ！

してやったりの顔をしてみせ、コーヒーを飲んだ。人生で一番うまいコーヒーだった。そしてその瞬間、黒い手は消え去っていた。

フルーティで飲みやすいだけでなく苦味もしっかりあるが、それは喉を降りていきながらも香りの軌跡を鼻腔に残している。

はあっ、とため息をつくと、強張《こわば》っていた身体中の筋肉があっというまに弛緩《しかん》した。

幸せな余韻に身も心も満たされていた……。

トントンと肩を叩《たた》かれた。振り返ると消えたはずの黒い手がいた。

うん？　あっ、しまった！

そう思った時には手遅れだった。視界を覆うほどの黒い手に、俺は一斉に襲われていた。幸せのため息とともに、緊張が緩み、寝落ちしてしまったのだ。

――やがて天井が見えた。どこだ？

俺はベッドに横になっている。体を動かそうとするがやたらと重い。腕にチューブが繋がっていることに気づき、視線を動かすと点滴スタンドに辿り着いた。

「気づかれましたか」

いつからいたのか、医師が言った。

「あなたは喫茶店で倒れたんですよ。連日徹夜が続くからと、コーヒーを買いにきたところだったそうです。まあ極度の過労ですね」

働きすぎで、倒れた？　喫茶店？

すると決壊したダムのように急速に記憶が戻ってきた。

そうだ、俺は仕事の失敗を全て押し付けられ、連日徹夜で仕事をしていたのだ。それで眠気覚ましに会社の隣にある喫茶店をたびたび訪れていた……。

働き続けるために飲んでいたコーヒー。それを夢のなかでさえも飲んでいたのは、本当の悪夢、つまり社畜という現実から逃れるためだったのだ。あの黒い手は、その権化だったのだろう。

「なあに、すぐにでも働けますよ。さっそく退院の手続きを取りましょう」

医師は快活に笑いながら、部屋を出て行った。

またコーヒーを飲みながら馬車馬のように働く日々が待っている。もっと長く夢の中にいたかった……。

俺は逃げるようにベッドの中で目を閉じてみたが、なぜか、ちっとも眠れなかった。

おじいさんと猫の喫茶店　高橋由太

チビは、茶ぶち猫だ。おじいさんと暮らしている。

最初は何も分からなかったが、テレビを見たり、おじいさんの話を聞いているうちに、少しずつ人間の世界のことが分かるようになった。今では、自分の身に何が起きたかも、ちゃんと人間の世界の言葉で説明できる。

例えば、ダンボール箱の中にいたこと。生まれたばかりのときだった。たぶん捨てられたと思うが、そのときは、なぜ自分がここにいるのか分からず、ただガタガタと震えていた。とても寒かったのをおぼえている。

空腹感はとうに消え、吹き込む雨と風とに身を縮めていた。外へ出ることはおろか、もう声を上げることすらできなくなっていたのだ。

雨の音が遠くなっていく。

死ぬ直前に、今までの出来事が走馬灯のように思い浮かぶというが、茶ぶち猫には何の記憶もない。目を閉じると、闇があるだけだった。

しばらくそうしていると、身体が浮かび始めた。自分は死んでしまい、これから、天国に行くのかなあ——そう思った。

でも、違った。

死んだのではなかった。

茶ぶち猫は、人間に抱き上げられたのだった。

「かわいそうになあ」

しわがれた声がした。目を開けると、白髪頭《しらが》の人間が霞《かす》んだ視界の先にいた。それが、おじいさんとの出会いだった。

○

おじいさんの家は、喫茶店だった。住居と店がつながった造りになっている、古びた木造の家だ。

通りに面しているほうが喫茶店だが、「準備中」の札がかかったままで照明は消えている。今日だけ閉まっているのではなく、ずっとやっていないみたいだった。

こんなふうに落ち着いて見ることができたのは、ここまで来る間に動物病院に連れて行ってもらったからだ。三日間、入院した。

「もう大丈夫でしょう」

動物病院の医者にそう言われて退院してきた。

おじいさんは、茶ぶち猫を「チビ」と名付け、それからお金を払って、家に連れて帰ってくれた。

「おまえのごはんも用意してあるからな」

おじいさんは言った。チビが入院している間に買いそろえたらしく、キャットフードや餌《えさ》用の真新しい皿などがあった。

誰もいない家だった。薄暗くて閑散としている。埃《ほこり》と線香のにおいがした。

「今日から、ふたり暮らしだな」

そう言って、チビの頭を軽く撫《な》でてくれた。おじいさんは、この家で独りきりで暮らしていた。

○

何年かがすぎた。

チビはおじいさんと一緒に暮らしている。おじいさんは年金と貯金を切り崩して生活しているらしく、働いていなかった。喫茶店も閉めたままで、友達や親しい親戚もいない。ほとんどの時間をチビとふたりだけですごしていた。

おじいさんは、よく独り言を言った。だから、喫茶店のことも、チビはよく知っていた。

「もう四十年も経つのか……」

おじいさんがまだ三十歳だったころに、〝うちの女房〟と始めた喫茶店だった。三十年間くらい続けたらしい。大繁盛とはいかないまでも、生活することはできたという。

「子どももいなかったからな」

おじいさんは遠い目をしていた。おじいさんが何を考えているのかは、チビには分からない。

喫茶店をやめたのは、〝うちの女房〟が死んだからだった。おじいさんは気力を失ってしまった。

「一人でやっても、つまらん」

その言葉を聞いて、チビはミャオと鳴いてやった。それだけで通じた。

「そうだな。おまえがいたな。また店を開けるとするか」

おじいさんは言ったが、店を開けることはなかった。

○

また歳月が流れた。

ある寒い冬の朝、目覚めると、おじいさんがいなくなっていた。昨日の夜、胸が痛いと言っていたから病院に行ったのだろう、とチビは思った。おじいさんは毎日のように病院に行く。

チビがこの家に来てから、十年以上が経っていた。

「おまえも年を取ったな」

ときどき、おじいさんはそう言った。猫は自分の年齢を考えたりしないが、年老いた自覚はあった。食欲がないことも多く、あまり動けなくなった。

「一度、獣医に診てもらったほうがいいな」

チビのことを動物病院に連れて行く計画を立てていた。

「明日、行ってみるか」

昨日そう言ったのに、おじいさんは帰って来ない。動物病院が閉まる夜になっても、朝が来てもいないままだった。

猫は長い時間、起きていられない。ましてやチビは年老いている。おじいさんが帰って来ないことを気にしながらも、寝てしまった。

ふと目を覚ますと、夜になっていた。おじいさんが帰って来ている気配はなかった。家は暗いままだ。

チビは心配になった。自分を置いて、おじいさんがどこかに行ってしまうはずはない。病院帰りに倒れてしまったのではないかと思ったのだ。

だから、さがしに行くことにした。唯一の家族なのだから当たり前だ。チビは、この世の誰よりも、おじいさんのことが好きだった。ずっと一緒にいたいと思っていた。チビは家の中で飼われていて、動物病院に行くときくらいしか外に出たことがなかった。どうすれば外に出られるかも分からない。

とりあえず玄関に行ってみた。すると、いつも閉まっている戸が開いていた。閉め忘れたのだろうか。

今までこんなことはなかったが、年を取ると忘れっぽくなるものだ。だんだん夢と現実の区別がつかなくなっていく。

ますますおじいさんのことが心配になった。チビは外に飛び出した。

月のない夜だった。星も出ておらず、真っ暗だった。

猫は夜目が利くというが、チビには何も見えなかった。

これじゃあ、おじいさんを迎えに行けない——そう思ったときだ。

香ばしいにおいが漂ってきた。

コーヒーだ。

おじいさんはコーヒーが好きで、自分で淹《い》れてよく飲んでいた。チビはコーヒーを飲めないが、そのにおいは好きだった。おじいさんの淹れたコーヒーと同じにおいがする。鼻をくんくんさせると、その香りは喫茶店から漂ってきていた。

あそこに、おじいさんがいるのだろうか。

そう思った瞬間、喫茶店に明かりがついていることに気づいた。さっきまで光なんかなかったはずなのに、ずっと前から灯っていたように思える。

庭をぐるりと回って、喫茶店に近づいた。入り口が開いていて、「入っておいで」というように温かな明かりが漏れている。

チビは、喫茶店に足を踏み入れた。


――困ったことになった。

おじいさんの姿はどこにもなく、見知らぬ若い男女が立っていた。蝶《ちょう》ネクタイに黒いベストを着た男と、白いエプロン姿の女だ。二人ともすらりとしていて、モデルのように顔立ちが整っていた。

おじいさんの喫茶店に来たはずなのに、知らないところに来てしまった。追い出される前に、チビは出て行こうとした。

その瞬間、背中に声が飛んできた。

「さがしに来てくれたんじゃないのか」

おじいさんの声だった。チビは振り返り、男の顔をじっと見た。――おじいさんだ。

年齢はまるで違うが、おじいさんの気配を感じた。

隣にいる美しい女性は誰だろう？

会ったことのない人だった。

不思議に思っていると、おじいさんがチビの考えていることを見通したみたいに教えてくれた。

「〝うちの女房〟だ」

遠い昔に死んでしまったはずの女性が現れたのだ。

もうチビは驚かなかった。猫の目から見ると、人間は不思議な生き物だ。猫の何倍も寿命は長いし、空飛ぶ道具まで作ってしまった。若いころの姿で現れることくらい、やってのけそうな気がする。死んだ者が現れることだって、人間の世界では普通なのかもしれない。

「チビ、ずっと一緒に暮らそう」

屈《かが》んで両手を伸ばすおじいさんのもとへ、チビは歩き出した。

チビの背後で、喫茶店の扉が静かに閉まった。

○

それから、また何年かが流れた。おじいさんとチビを見た者はいない。身寄りのない老人とその飼い猫を気にする者はいなかった。相続人も友達もいない家は放置されている。喫茶店もそのまま残っていた。

ときどきコーヒーの香りが漂ってきたが、誰かが中にいる形跡はなかった。

鳥籠　深沢仁

その場所を喫茶店と呼んでいいのかは、よくわからない。店の前にも看板はない。なにもない。商店街の外れの路地の、ひときわ目立たないところにあり、一見するとずいぶん前に廃業した呑み屋《はのや》のようだ。木製のドアはスライド式で、木は朽ちかけているように頼りない。嵌め込《こ》まれたガラスは暗い紺色、中の様子は窺《うかが》えない。両隣は空き家で、普通に考えれば、そこも空《あ》いてるんだろうと思える。でもその建物からは、コーヒーの香りが強く漂っている。耳を澄ませば物音もする。恐る恐るドアに手を伸ばすと、からからから、と開く。いらっしゃいませ、という静かな声。ああ、お店なんだ、とそれでわかる。気配を感じ、はっとして視線を左に向けると、カウンターの上に金色の鳥籠があり、中で愛らしいカナリアが囀《さえず》っている。

店内が薄暗いからか、白い小鳥は、光を纏《まと》っているように見える。

ペンダントライトにはアンティークというのか、あるいは大正浪漫《たいしょうろまん》とも呼べそうな、ノスタルジックなステンドグラスのシェードがついていて、色のついたガラスが光を柔らかく、いっそ寂しいほど弱々しくしている。それがひとつと、カウンターの端に似たようなテイストのランタンが置いてあるだけで、窓はないため、昼間でも仄暗《ほのぐら》い印象を受けるのだ。天気のいい日に外から入ると目が慣れるまで少し時間がかかる。落ち着いてみて初めて、カウンター席しかない細長い店内にある、さまざまなものが見えてくる。大小の鳥籠、くるみ割り人形、金魚の模様の入ったブリキの缶、ガラス瓶に詰まったビー玉、万華鏡、花札、マッチ箱、煙草盆《たばこぼん》、オルゴール等々……。遠い昔にみた夢のように脈絡がない。呆気《あっけ》に取られてから我に返り、いらっしゃいませ、と言った声の主を探す。カウンターの向こうにいるその人は暗い色のエプロンを着けていて、背後にある本棚と同化しているが、一度視界に入れば目を逸《そ》らせなくなる容姿をしている。彼は微笑《ほほえ》んで首をかしげる——。

「コーヒーしかないんですが、それでもかまいませんか」

たとえ毒薬を勧められたとしても、抗《あらが》えなくなるような声で。だから私も知らないうちに、はい、と返事をしている。六席しかないイスのひとつに腰をおろすと、が、が、が、と、ミルで豆を挽《ひ》く音がしてくる。どこからか黒猫がやってきて、隣のイスに飛び乗って身体を丸める。コーヒーを淹《い》れながら彼は吐息のような笑い声を漏らし、猫はお好きですか、と囁《ささや》く。別に好きではないのに、私はやはり、はい、と答える。

店名はないので、「鳥籠」と呼ぶことにしよう。

私がそこに通い始めたのは、春の初めだった。冬の最後の抵抗のような冷たい雨の止《や》んだ直後で、そのせいかどのカフェも混んでいて入れなかった。諦め悪く彷徨《さまよ》ったはてに見つけたのが「鳥籠」だった。鳥画の絵付けがされ、縁が金色のコーヒーカップは芸術品のように繊細で、注《そそ》がれた中身は悪魔の飲み物のように美味《おい》しかった。小一時間過ごして出ていくとき、会計で少し緊張したが、たったの五百円で拍子抜けした。――それでも、普段の倍以上であったのに。でも、たとえ千円と言われても、満足からくるため息をつきつつ払ってしまいそうな、そこはそういう場所だった。

正直に告白すれば、そこの店主の存在も、通わずにはいられなかった理由のひとつだ。黒髪に切れ長の瞳、白い肌、紅を引いたような唇、カップを置くとき、お釣りを渡してもらうときに見える指の細さ。「鳥籠」のために作られた人形のような人だった。

――正確には、そう、彼は店主ではなかった。仕事が早く終わった日は必ず立ち寄るようになり、彼の存在はあっという間に私の日常に組み込まれたのに、ある日突然、別の人が立っていた。私は彼が若いマスターなのだと信じていたので驚いた。単なる店番だったのか。次の人は、凛《りん》とした雰囲気の女性だった。腰まで伸びたまっすぐな黒髪、古風なトルコ石のネックレス。エプロンは彼とおなじだ。目眩《めまい》のするほど魅惑的な微笑も。出てくるのは、やはりコーヒーだけだった。それでも居心地のよさから、私は通い続けた。少しして、彼女もいなくなった。

「鳥籠」には週三、四回足を運んだ。三十分しかいないことも、二時間ほど居座ることもあったが、ほかの客と出くわすことは一度もなかった。だから店内にいるのはいつも店主――否、店番――と私だけだった。そして店番は、やがて三人目、四人目になっていった。男、女、女、男——。だれも呆《あき》れるほど美しかった。私の美的感覚はすっかり狂ってしまった。「鳥籠」の外のものはみな陳腐に見えるようになったのだ。チェーン店のカフェで出る白いマグカップの、なんと野蛮なことか。プラスチックのカップに注がれた甘ったるい飲み物の毒々しいこと。明るい店の中に、明るい笑顔を浮かべた店員が揃《そろ》っているなんて、恐ろしいし疎《うと》ましい。だれも知らないのだ、コーヒーを飲むときに、どういう空間が必要かを。煌々《こうこう》とした照明なんていらない。音楽もいらない。ケーキもクッキーも、ホットドッグもいらない。コーヒーを飲むときに必要なのはコーヒーだけだ。そして、壁際で本を読む、静かで麗しいひと。

だんだん行く頻度が上がっていった。「鳥籠」の外の世界はあまりに騒々しくて、底が浅く、俗物的だった。皮肉なことに、外の人たちに声をかけられる機会は逆に増えた。最近綺麗《きれい》になったね、というところから始まり、これまでなら招かれなかった飲み会や、より個人的な、二人きりの食事にまで誘われるようになった。断れば、やっぱり、という反応が返ってきた。——恋人ができたんでしょう？　私は言いたかった、そうではなくて、あなたたちといると息苦しくなるのだと。依存症にちかい状態だったかもしれない。数日「鳥籠」に行けないだけで、ふとした瞬間に呼吸がうまくいかなくなり、喉元を押さえてしゃがみ込んでしまうことすらあったのだ。

そういうときに見上げる太陽は眩《まぶ》しく、空は高すぎて、汚らわしいほど広く、孤独なほど狭い。

連れてって、と私は願った。

私を、あそこに、連れていって。


彼が帰ってきたのは、土砂降りの日だった。世間は梅雨《つゆ》になっていた。激しい雨も、「鳥籠」に行くためだと思えば耐えられた。最近は嫌なことがあると、自分があそこの店番だったら、と想像してやり過ごすようになっていた。彼らだったら、こんなことで不愉快になったりしない。動じることも、戸惑うこともなく、ただ静かに店に向かうだろう。私たちだけが知っている完璧な空間へ。

店に入って、古木と真鍮《しんちゅう》でできた傘立てに傘を置く。いらっしゃいませ、という声がして、私はぱっと振り返った。

目が合うと、彼は一呼吸分置いてから、ああ、というふうに微笑んだ。それだけで私はくらくらした。また会えるとは思っていなかった。戻ってくるなんて。

ドアを閉める。雨の音が遠くなる。黒猫が私の右脚に身体をすり寄せてからイスに飛び乗った。私は――。私は、いつもとちがうイスを選んだ。彼の立っているすぐ前に座ったのだ。緊張で身体が震えた。「鳥籠」の店番たちに話しかけたことは、ない。いままでずっと、眺めて、憧れるだけだった。

「ここで働いている方々って、どこからいらっしゃってるんですか」

「はい」

「……あの」

「どういう意味でしょう」

「交代制なんですか？　数週間ずっとおなじで、いなくなる、の繰り返しですよね。それに、みなさんとても――」

「とても？」が、が、が。彼はミルを回しながら、促すように首をかしげた。

「――綺麗だから」

私は自分の顔が赤くなったのを感じた。彼は俯《うつむ》き、挽いた豆をペーパーフィルターに移し、ドリッパーを軽く揺らした。そして、魔法のランプのような形の銅のポットを持ち上げて湯を注いだ。私はその間も彼の手を見つめる。ランタンの光がぼうっと照らす白い肌を。しばらく粉を蒸らすのだ、とわかる。何十回も見てきたから。彼がポットを置き、私は顔をあげる。彼は唇の端をわずかにあげて、囁く。

「だれでもなれますよ」

「……そんな」

「信じられませんか」

「はい」

「なりたいですか?」

「え?」

「あなたも、ここに立ってみたいですか」

鳥肌が立った。あまりにも、畏れ多いと。それなのに、この人に問いかけられると、いつも、私は「はい」と答えてしまう。

彼は微笑んだ。すっとエプロンを脱ぎ、そして手を伸ばし、カナリアの鳥籠をずらしてこちら側に出てきた。私はひたすら、彼を見つめる。イスの上で身体をひねり、聖人の祝福に焦がれる哀れな平民のように、震えながら、泣き出したいような緊張の中で、待つ。

彼の睫毛《まつげ》は長かった。瞳は濡《ぬ》れたように黒く、肌は滑らかで、触れられるほど間近になると、いっそ神々しいくらいだった。

「——こうするんですよ」

そして、彼の唇は。

柔らかくて、ほんの少し苦かった。

目眩がするほど強い、コーヒーの香りがした。

気づいたら、私はカウンターの内側にいた。はっとして身を引くと、背中が本棚に当たった。彼は――、彼は、さっきまで私が使っていたイスに座って、自分で淹れたコーヒーを飲んでいた。鳥籠は元の場所に戻っている。黒猫は眠っている。

「一度は逃れられたと思ったのに、気づいたら戻ってきてしまって」

かすかに苦笑して、彼はカップを離した。長い指がするりと取っ手から抜ける。

「次はあなたの番ですね」

彼がカウンターに五百円玉を置く。じっと見つめられて、私は傍にあったエプロンを着けた。まだ体温が残っている。彼は満足したように微笑み、さよなら、と囁いて踵《きびす》を返した。土砂降りの中を彼が出ていく。傘もささずに。取り残された私はそっとカナリアに歩み寄り、鳥籠に触れた。

――ああ、やっぱりこれは、もう動かない。

吐いた息が震えたのは、幸福と絶望と、どちらのせいだろう。

持ち場に戻って五百円玉を回収し、彼のカップを洗う。やがて、からからから、と躊躇《ためら》いがちにドアが開いた。私は顔をあげ、いらっしゃいませ、と声をかける。その人は不安げな表情を浮かべている。自信がなく、疲れていて、見窄《みすぼ》らしい。いつかの自分そっくりだ。私は微笑んでその人を迎える。

「コーヒーしかないんですが、それでもかまいませんか」

この世界が醜悪であればあるほど、私たちは美しくなっていくだろう。

子供お断り　堀内公太郎

「ええ、うちは子供みたいな客はお断りです」カウンターの中のマスターが冷ややかに告げた。「悪いが出ていってくれます?」

「……すみません。すぐに出ます」桃子《ももこ》はそう答えるしかなかった。

＊＊＊＊

「――なんでダメなの?」秀実《ひでみ》がきょとんとして訊《き》き返してくる。「僕がバナナケーキ大好きなの、ママだって知ってるでしょう」

こういう無邪気な顔を見ると、桃子はたまらなくきゅんとしてしまう。我が息子ながら、どうしてこんなにかわいいのだろうと天に感謝したくなるほどだ。

しかし天使は一瞬で悪魔に変わる。五年も母親をやっていれば、それは痛感していた。つい甘くしたせいで後悔したこと数知れず。外出のときはなおさらだ。

「でも最近のヒデちゃん、お外でちゃんと食べれないでしょう」

「食べれるよ!」秀実がぷっとふくれる。「僕、保育園でもちゃんと食べてるよ!」

「でもここは保育園じゃないから」

「知ってる」秀実が得意げに胸を張った。「きっちゃてんでしょ」

「喫茶店ね」桃子は笑いながら言い直した。「あのね、ヒデちゃん。喫茶店は大人が入るとこなの。だからヒデちゃんはダーメ」

「ヤダ！　僕はバナナケーキが食べたい！　僕はバナナケーキが大好きなんだ！」

桃子は苦笑した。こうなると長丁場になるのは必至だ。

正直、許されるなら桃子も入ってみたい。『カブトムシ』という店名には「なんでやねん」と突っ込みたくなるものの、表から見るだけでカフェ好きの血が騒ぐ店だった。入り口には植木鉢が飾られていて、古ぼけた山小屋のような雰囲気がある。

以前、子連れで入れないか検索したこともあった。店はマスターと奥さんが二人でやっているらしい。マスターの愛想のなさは筋金入りで、「いらっしゃいませ」すら言わないそうだ。そのぶん奥さんが社交的だという。子供については書いてなかったが、不愛想なマスターの店に子連れで入る勇気はない。無理だと早々に諦めていた。

「――そんなにバナナケーキが好きなの？」振り向くと、エプロン姿の小柄な女性が立っていた。歳は六十前後だろうか。優しそうな丸顔に笑みをたたえている。

「うん！」秀実が力強く頷《うなず》く。「世界で一番好き！」

「そうなの」女性がにこにこしながら秀実の頭を撫《な》でた。「じゃあ食べていったら？」

どうやらこの人が「奥さん」らしい。しかもその奥さんが「食べていったら？」と言っている。これは千載一遇のチャンスかもしれない。

いや、ちょっと待て。悪魔の秀実を目の当たりにしたら、この奥さんも腹を立てるに決まっている。安易に誘いに乗るべきではない。

どうしよう。入りたい。でも怖い。でも——。

そんな桃子の脳内会議などつゆ知らず、「わーい。やったー」と秀実が勝手にドアを開けて店の中へ駆け込んでいく。

「あ、ヒデちゃん——」

「お母さんもどうぞ」奥さんがドアを押さえてくれた。

桃子は一瞬、躊躇《ちゅうちょ》したが、「じゃあ……」とおそるおそる中へと足を踏み入れる。

木目調の落ち着きを感じさせる店内だった。絞った音でジャズが流れる中、窓のステンドグラスが透過光で美しく輝いている。左手に四人掛けのテーブルが二つ、右側には大きな木のカウンターがあった。カウンターの中には、不機嫌そうな白髪《しらが》の男性が立っている。桃子を一瞥《いちべつ》したものの、やはり「いらっしゃいませ」は言わなかった。

想像していたとおりの雰囲気だ。独身時代なら足繁《あししげ》く通ったかもしれない。ただし、このマスターではなかったらという条件つきだが。

「ママ、こっち」秀実が手を振っていた。すでに一番奥のテーブル席に座っている。

見たところ、ほかに客の姿はなかった。マスターは怖そうだが、優しそうな奥さんがいる。秀実にバナナケーキを食べさせてさっさと出れば大丈夫だろう。

急いで席に着いた。カウンターに背を向けているので、マスターが視界に入ることはない。これなら少しは落ち着いていられそうな気がした。

「はい、どうぞ」奥さんが水の入ったグラスを二つテーブルに置く。

すかさず秀実がグラスを一つ引き寄せた。中の氷をぐるぐる指で回して遊び始める。

「やめなさい。こぼれるでしょ」桃子は秀実のグラスを押さえた。奥さんを見て、「バナナケーキだけでもいいですか」と尋ねる。

「はいはい、もちろんよ」奥さんがカウンターを振り向いた。「バナナケーキ一つね」

あいよ、とマスターが低い声で応じる。

奥さんがエプロンを外しながらカウンターのほうへ戻っていった。「じゃあ私、買い物に行ってくるから」とマスターに話しかける。

げ、と桃子は思った。奥さんがいなくなるなんて話が違う。

「じゃあごゆっくり」と言い残して、奥さんはさっさといなくなってしまった。

軽快なジャズの響きが、急に葬送曲のように聞こえてくる。

めちゃくちゃ気まずい――。

どう考えても、あのマスターが子連れを歓迎しているようには見えなかった。店の雰囲気を壊す害虫ぐらいにしか思っていないだろう。あの手の男性に子供絡みで嫌みを言われたことは、これまで数え切れないほどあった。苦い思い出が蘇《よみがえ》る。

そのとき、水の流れる音が聞こえた。品の良さそうな年配女性がトイレから出てくる。先程は気づかなかったが、隣のテーブルにはコーヒーカップが置いてあった。女性は椅子に姿勢良く腰掛けると、ゆったりした動作でカップを口に運ぶ。

桃子は胸を撫で下ろした。年配女性には子供好きな人が多い。やたらと話しかけてきて辟易《へきえき》させられることも多いが、苛々《いらいら》されるよりはましだ。この女性がいれば、マスターも露骨に嫌な態度は取れないだろう。二重の意味で助かったと思った。

秀実が女性をじっと見つめる。どうしたんだろうと思っていると、「ママー」と桃子のほうを向いた。「このおばあちゃん、おトイレいったのに手を洗ってないよ」

女性がぎょっとしたように秀実を見る。

桃子は慌てて、「違うわよ。おトイレの中で手を洗ってきたの」と言ってから、「すみません」と女性に向かって笑いかけた。

女性がにっこりと笑みを返してくれる。「僕、おいくつ?」と秀実に問いかけた。

「いいたくなーい」秀実は女性を見もせずつれなく答える。

「ちょっとヒデちゃん、そんな言い方ないでしょう」

「いいのよ」女性が穏やかに言った。「少しご機嫌斜めなだけよね。こういう大人のお店に来れるぐらいだもの。普段はきっと素直でいい子なんでしょう」

「はは……」桃子は乾いた笑いを漏らした。

「バナナ、バナナ、バナナー」秀実が急に歌い出す。

「だからやめてって」

「バナナ、バナナ、バナナー」

隣を窺うと、女性は目をつぶっていた。「すみません」と謝ったものの、聞こえなかったのか返事はない。そのあいだも秀実は「バナナ、バナナ」と口ずさんでいた。

突然、目の前に皿が置かれた。見上げると、シンプルなスポンジケーキの横に、ホイップクリームがたっぷり盛られている。無表情なマスターが立っていた。隣の女性をちらりと見てから、無言でカウンターへと戻っていく。

「いただきまーす!」秀実がケーキに顔から突っ込んだ。口いっぱいに頬張ると、「おいしー!」と声を上げる。それから「おいしーおいしーイエイイエイ、おいしーおいしーイエイイイエイ」と妙な節で歌い始めた。口の端からスポンジが飛び散る。

「やめて!」桃子は悲鳴を上げた。「なんでそんな食べ方するの」

「おいしーおいしーイエイイエイ」

「やめてって!」

「おいしーおいしーイエイイエイ」

「ヒデちゃん!」桃子は泣きそうになった。

「うるさいわね」振り向くと、隣の女性が先程とは打って変わって嫌悪感丸出しの顔
「やめて」

でこちらを睨んでいた。

「……すみません」

「お店に迷惑でしょう。ここはゆっくりと音楽に耳を傾けたり、静かに本を読んだりする場所なの。子供を連れてくるなんて非常識よ。言われなくても、こういうお店は子供お断りなの。ねえマスター、そうでしょう」

「――ええ、うちは子供みたいな客はお断りです」カウンターの中から、マスターが冷ややかに告げた。抑えた怒りが伝わってくる。

全身から血の気が引いた。恥ずかしさと申し訳なさで身体が震えてくる。

「悪いが出ていってくれます？」マスターが続けた。

「……すみません。すぐに出ます」桃子は鞄《かばん》を手にした。言い返す気力もなかった。軽率に店に入ったことを後悔する。今は一秒でも早く立ち去りたかった。

「いや、出ていくのはあんたですよ」

最初はマスターがなにを言ったのか分からなかった。しかし言葉の意味に気づいて、「……え？」と振り返る。マスターの視線は真っ直《まっす》ぐ隣の女性に向いていた。

「は？」女性が自分を指差す。「私？」

「そうです。うちは子供みたいな客はお断りですから」

「だったらこっちじゃない」女性が桃子たちを指差す。

「違う。子供みたいな客は人前で子連れの母親を罵倒したあんただ」

女性はしばらく呆然《ぼうぜん》としていたが、「ふざけないで！」と顔を真っ赤にして立ち上がった。「誰がどう見ても非常識なのは、こっちの子供連れでしょう。マスター、私のことご存じよね。毎日来てる常連よ。その私にそんな態度でいいわけ？」

「常連だろうがなんだろうが知らん。出ていってくれ」

「馬鹿にして！」女性が金切り声を上げた。財布から抜き取った千円札をテーブルに叩《たた》きつけると、「二度と来てやんないから！」と捨て台詞《ぜりふ》を残して去っていく。

マスターがカウンターの中でしゃがみ込んだ。店内に流れる曲の調子が変わる。

「あ！」秀実が声を上げた。「アンパンマンだ！」

確かにアンパンマンだった。店の雰囲気にはまったくそぐわない。でも――。

立ち上がったマスターが「僕」と秀実に呼びかける。

再び手でケーキを食べ始めた秀実が「ん？」と小首をかしげる。「なあに？」

「おいしいかい？」

「うん！　サイコーだね」

「そうか」マスターが目尻を下げる。「じゃあまた食べに来てくれるかな」

「もちろん！」秀実が元気いっぱいに答えた。「ここ、すてきなきっちゃてんだもん」

シュテファン広場《プラッツ》のカフェ

山本巧次

ウィーンには、素晴らしいカフェが多い。

ヴァシーリ・ヴェリコフは、シュテファン寺院の尖塔《せんとう》と美しいモザイク屋根を望めるお気に入りの席に座り、芳醇《ほうじゅん》なコーヒーの香りを楽しみつつ、この地に勤務できた幸運に感謝した。

(それもあと、数週間か)

ヴェリコフはカップを置き、溜息《ためいき》をついた。ロシア対外情報庁（ＳＶＲ）に奉職して二十年。大過なくキャリアを過ごし、二年前ウィーン駐在官の椅子に座ったのだが、後進に道を譲るとの名目で異動が内示されていた。次の任地は、明らかにここより重要度が下がる。

(まあ、仕方がない)

大過なく過ごしたということは、大きな功績もなかったということだ。自分のキャリアは、もはや下り坂なのである。それでも、得たものは少なくなかった。「大過なく」を最後まで続ければ、それなりの引退生活が待っているはずであった。

ウェイターが近付いてきた。コーヒーのお代わりを勧めに来たと思ってカップを差し出すと、ウェイターはトレイに載せた封筒を、ヴェリコフに示した。

チップを渡し、封筒を受け取って首を傾《かし》げる。心当たりはなかった。指で封を切り、中身を出してみる。プリントされた写真が、数枚入っていた。

写真を見るなり、血の気が引いた。

写っていたのは、裸でベッドに入り、美形の青年と抱き合っているヴェリコフ自身だった。

（クリス……）

その青年クリスとは、半年前からの仲だった。妻が、母の具合が良くないためモスクワに帰った後、カフェで出会ったのだ。ヴェリコフは、一目で惹《ひ》かれた。彼のそうした嗜好《しこう》について、妻は何も知らない。いったい誰が……。

ポケットのスマホが鳴った。すぐに取り出し、画面を見る。相手方は非通知だ。震えそうになる指で通話ボタンをタップする。

「はい」

「贈り物は、受け取ってもらえたか」

やはりそうだ。脅迫者。

「何が望みだ。金か」

「金などでないことは、お互い承知のはずだ。ヴァシーリ・ディミトリエヴィチ」

ヴェリコフは唇を噛《か》んだ。ハニートラップ。ＳＶＲも使う手だが、この自分が引っ掛かるとは。

「昨今では、同性愛嗜好は道徳的に非難されるものではないと思うが」

動じない風を装って、言い返した。相手はせせら笑った。

「君の奥方の父上である上官は、不快に思うだろう。罠《わな》にかかったのだから」

彼の言う通りだ。上官が知れば、ヴェリコフのキャリアは終わる。悪くすれば、収監される可能性もある。

ヴェリコフは、できるだけ小さな動きで周囲に目を走らせた。相手はおそらく、自分を監視している。見える範囲にいるはずだ。だが、シュテファン広場周辺はウィーンで最も賑《にぎ》わう中心地だった。歩行者天国の通りには観光客や買い物客が溢《あふ》れ、スマホを耳に当てている男も、少なくとも五人はいた。

「どうしろと言うんだ」

諦めて、ヴェリコフは言った。こうなった以上、相手の目論見《もくろみ》をまず知らねば。

「何が必要かは、追って知らせる」

「あんたは何者だ」

電話の向こうから、ふっと笑う息遣いが聞こえた。

「ジャンゴ、と言っておく。これからは、その名で連絡する」

ジャンゴだと。ふざけやがって。

「CIA《ラングレー》にしては、古臭い手を使うんだな」

また、くぐもった笑いが聞こえた。

「古臭いのは、悪いことじゃない。時として、最も効果的だ」

そこで電話は切れた。ヴェリコフは、スマホを投げつけたくなる衝動を、辛うじて堪《こら》えた。

(何てこった……)

自分の愚かしさを呪っても、何の足しにもならない。冷戦時代なら、こんな話はいくらでもあっただろう。その頃のスパイ・ゲームを知っている義父には、脇が甘過ぎる、と言われるに違いない。弁解のしようもなかった。

CIAは何を求めてくるのか。空になったカップを見つめながら、ヴェリコフは思案した。ロシアとアメリカの関係は、あまり良くない。あのイカれた男がホワイトハウスの主《あるじ》になってからは、なおさらだ。

だが、とヴェリコフは思う。なぜ、ウィーンなのだ。

冷戦時代のウィーンは東西の境界線で、双方のスパイが華々しく活躍する場だった。が、現在その重要性は、相対的に低下している。ウィーン駐在官の取り扱う情報は、かつてほど高度なものではない。

(ロシアがNATOに対して厄介事を起こす可能性がほとんどない以上、知りたいのはウクライナ情勢か)

今は小康状態だが、ウクライナ併合を目指す軍事行動に関しては、アメリカもEU

も神経を尖《とが》らせている。

（俺はウクライナに関しては、ろくに聞いていないのに）

やはり違うだろう。そちらの情報を集めたいなら、ウィーンの駐在官など狙わなくても、方法は幾らでもある。

（だいたい、なぜハニートラップなんだ。アメリカ人どもが大好きなのは、電子情報収集だろう）

ＳＶＲに比べれば予算も技術も潤沢なＣＩＡは、電脳オタクどもを駆使してネットワークから情報を掠《かす》めとることなど、四六時中行っている。ＳＶＲも当然やっているが、一歩譲っていた。ヴェリコフを通じて得られる情報なら、さほど手間をかけずとも電子的に収集できるのではないか。

いや待て、とヴェリコフは思う。奴《やつ》はＣＩＡと匂わせたが、名乗ったわけではない。電脳より人的情報収集《ヒューミント》に優れた組織は、他にもある。

（ＳＩＳ《テムズ河岸》かもしれない）

ハニートラップのような古典的手法は、寧《むし》ろ英国情報部の方が似合っているような気がした。

（連中なら、今でもウィーンでの情報収集に力を入れているのではないか）

ロシアと直に接する欧州のＮＡＴＯ諸国は、警戒感が強い。プーチンがロシアを文配するようになってから、アメリカ以上に感覚を研ぎ澄ませている。緻密な英国人なら、ウィーンであれワルシャワであれブダペストであれ、人的ネットワークの強化を常に図っているだろう。

そうだ、その方がしっくりくる、と思いかけたヴェリコフは、はたと思い当たった。奴らは、俺の個人用携帯番号を知っていた。俺がエジプトのカイロに異動する内示を受けたことも、知っているのではないか。ならば、日を置かず欧州から離れる人間を、CIAやSISが手間暇かけて取り込もうとするだろうか。

ヴェリコフは、戦慄《せんりつ》した。

(モサド……)

恐るべきイスラエルの情報機関であれば、必要ならハニートラップでも暗殺でも、好きに仕掛けてくるだろう。中東で奴らが気にかけていることは、山ほどある。国の周り全部が心配事のようなものだ。

(わが国が絡むなら、シリアに関する情報か)

モサドが欲するのは、それだろう。ロシアはシリア政府を後押しし、相当深いところまで手を突っ込んでいる。中東に赴任する自分を押さえておけば、高い利用価値があるはずだ。

(そういうことか……)

ヴェリコフは大きく溜息をつき、椅子の背に体を預けた。連中は、ＣＩＡより手強《てごわ》い。それでも、同じ情報機関だ。何らかの駆け引きは、できるかもしれない。

（これからは綱渡りだ。一時たりとも気が抜けない）

ヴェリコフは、額に汗が浮いてくるのを感じた。

ウィーンには、素晴らしいカフェが多い。

私は、馥郁《ふくいく》たるコーヒーを堪能しつつ、通りの斜向《はすむ》かいのカフェに座り、青ざめた顔で物思いに耽《ふけ》っている中年の男を眺めている。街灯が邪魔をしているので、彼の位置からは私の顔は半分しか見えないだろう。

電話したときのヴェリコフの反応は、予想通りだった。奴自身も反省しているだろうが、情報機関員としてはあまりに注意が足りない。所詮《しょせん》は、義父のおかげで能力以上のポジションに就いた男。今から、そのツケを払うことになる。

私は、携帯で他の番号にかける。連絡を待っていた相手は、数秒で出た。

「私です。思惑通り運んでいます」

相手が喜び、安堵《あんど》する声が聞こえた。

「彼はこちらをＣＩＡだと思っています。あるいは、少し頭を使ってモサドとか」

相手の嘲《あざけ》りのこもった笑い声が響く。あの愚か者は、自分が他国の情報機関に狙われるほどの大物のつもりでいるのか、と。

私は、ついニヤリとする。私は情報機関員ではないが、情報を糧とする商売である点は共通している。いつどんなところでも、情報を制する者が勝ちを収めるのは世の理《ことわり》だ。スパイの手先と思われたクリスは気の毒だが、それも人生経験だ。

「彼には、少し胆《きも》を冷やさせておきましょう。どうやらカイロに赴任する前に片が付けられそうで、良かったです」

その通り、と相手は吐き捨てた。

「あんな嫌味で傲慢な男と一緒に暮らすのは、もう御免。ウィーンに住めるから我慢してきたのに、カイロみたいな暑苦しい町に一緒に行くだなんて、あり得ない。よくやってくれたわ」

「恐れ入ります、奥様。もはや彼は、離婚請求に一言も言い返せないでしょう」

私はヴェリコフに向かって、軽くコーヒーカップを持ち上げ、乾杯の仕草をして電話を切った。それからカップを傾け、口に広がる香りを存分に楽しんだ。

一杯のための物語　岩木一麻

先ほどの粉砕シーケンスで起こった混乱から回復しきっていない指令室に、連続した警報音が鳴り響き、正面の超大型メインモニターにオーダーが映し出された。指令室は中央が一段高くなっていて、司令席に女性司令官が座っている。隣には、ずん胴鍋のようなボディーの上にガラスドーム状の頭部をもつ、ロボット型中央演算装置が鎮座している。

オーダーに基づいて慌ただしく報告を始めた二十名ほどのスタッフは全員が女性で、司令官を中心に扇形に配置されていた。

彼女たちは全員が白い制服に身を包んでいた。髪の色、髪型、メガネの有無、体型、声によって区別できるが、個性に乏しい印象を受ける。まあ、個性は単なる記号なのだから仕方がない。

命令口調の司令官を除けば、作業中に慌ただしく飛び交う言葉を誰が発しているのかを把握することは困難だった。だがそれも大した問題ではない。会話自体がＢＧＭのようなものなのだ。

メインモニターに映し出されたオーダーを見たスタッフたちは、次の瞬間には各々の席に設置されたモニターに視線を移し、グラインダーにかけられたマテリアルの解析作業を開始した。

「アナライザー起動」金髪のスタッフが、よく通る声で言った。

「スクロース濃度7％！」紅《あか》い髪のオペレーターが、高い声で叫んだのを皮切りに、担当スタッフたちが解析結果を次々に読み上げていく。

「ヘミセルロース14％、ホロセルロース17％。リグニン2％です」

「クロロゲン酸濃度7％。異常ありません！」

「クロロゲン酸の内訳が知りたい」司令官がオペレーターの一人に尋ねる。

オペレーターが「メインモニターに回します」と言って手元の端末を操作すると、メインモニターにフェルロイルキナ酸類やカフェオイルキナ酸類の濃度が表示された。異常を示す赤く表示された測定値がないのを確認して、司令官は満足げに頷《うなず》く。

スターチ、ペントサン、灰分、脂質、タンパク質……。解析結果が次々と読み上げられた後で、銀髪のオペレーターが司令官に振り返って報告した。

「カフェイン1％。正常値の範囲内です」

司令官が立ち上がり、開いた右手をまっすぐ前に突き出して鋭い声を発した。

「抽出シーケンス開始！」

「タンク内の一酸化二水素《ジハイドロジエンモノキサイド》、現在373・15ケルビン」

「流路内で365ケルビンまで低下させつつ、手順通り抽出作業を開始せよ」

各オペレーターがそれぞれの持ち場で、操作と報告を繰り返しながら滴下作業が進められていく。もう少しで抽出シーケンスが終了すると思われたその時、指令室内にけたたましい警報音が響き、メインモニターに赤字でアラートが表示された。

「カップウォーマー、システムダウン！」オペレーターの一人が悲鳴のような声を上げる。

「チュウシュツサギョウヲ、チュウシシテクダサイ」中央演算装置が、頭部内の回路を赤く明滅させながら意見具申する。

「駄目だ！」と司令官が中央演算装置に向かって声を張り上げた。「お客様を待たせるわけにはいかない！」

「ヒエタカップデノテイキョウハ、キンシサレテイマス」

「手の空いているスタッフはメンテナンスハッチからシステムに入り、カップを手動で温めろ！　タンクからサブルートでジハイドロジェンモノキサイドをカップに注入すればいい！」

「メイカクナ、キテイイハンデス」中央演算装置が頭部内の赤い明滅を毒々しいまでに強め、警報音のボリュームを上げる。

躊躇《ちゅうちょ》するスタッフたちに、司令官はもう一度叫んだ。

「なにをしている！　行け！」

三人のスタッフが弾《はじ》かれたように立ち上がり、指令室の右側に設けられたハッチから飛び出して行った。

「我々は機械に頼りすぎていたのかもしれんな」司令官が眼を閉じて自嘲《じちょう》する。

「キテイイハンヲカクニンシマシタノデ、アナタヲコウテツシマ……」

パン！　パン！　パン！

銃声が響く。司令官の手には拳銃が握られ、銃口は中央演算装置に向けられていた。中央演算装置の頭部には三つの穴が空いてひび割れ、先ほどまで明滅していた回路は光を失って黒く沈黙していた。

「どんなに機械に頼ったとしても」司令官は、動揺するスタッフたちを見渡しながら言った。「一杯のコーヒーは人の手で、人の心で淹《い》れるものだ。作業を継続しろ」

あーあ、撃っちゃったよ。開発管理室のガラス越しに指令室の様子を見下ろしていた私はため息をついた。やれやれだ。

しばらくして女性オペレーターの一人が運んできたコーヒーを受け取った。一口飲んで、傍らに立つ技術主任に声をかけた。

「悪くない」

技術主任は頭髪が薄くなりかけたインド系の小太りの男だ。指令室内の八頭身の美女たちと比べると、人間らしさがあってどこかほっとする。もっとも、私も主任同様、冴《さ》えない中年男であることに違いはない。

悪くない、などと言ったがコーヒーは完璧な一杯だった。無数のセンサーでリアルタイムで監視され、ミクロン単位で制御された機械群に加工され、ヒーターとクーラーをせめぎ合わせながら緻密《ちみつ》な温度管理が行われているのだから当然だ。先ほどのカップウォーマーのトラブルは、物語上の演出によるものに過ぎない。

ふう、とため息をつく。コーヒーは完璧だ。ストーリーもなかなか情熱的で良いのだが……。

私は開発管理室を出て、階段で指令室へ降りた。座っている司令官に歩み寄る。椅子を回転させてこちらに向き直った彼女は私に向かって微笑《ほほえ》んだ。細部まで完璧にチューンされた、とっておきの笑顔だった。

「ごくろうさま」私は微笑んでねぎらいの声をかけた。「完璧な一杯だったよ」

ジャケットの懐から拳銃を引き抜き、彼女の眉間に銃口を向ける。とび色の美しい眼が恐怖で見開かれたが、私は躊躇なくトリガーを引いた。

銃声が響いた。大きいが、ずいぶんと軽く感じられる音だった。

額に穴を穿《うが》たれた司令官は衝撃で背もたれに頭部を打ち付けたあと、反動で上半身が前屈し、そのまま動かなくなった。赤い液体が床にゆっくりと広がっていく。

指令室を見回すと、オペレーターたちは時が止まったかのように静止していた。いや、彼女たちの時間は全システムの強制終了により、文字通り停止したのだ。管理室を見上げるとガラス越しに技術主任が力なく首を横に振っていた。

私は拳銃を懐にしまって階段で開発管理室に戻り、技術主任に言った。

「バカ高い中央演算装置を破壊したのはやりすぎだよ。撃てないように設定しろ」

「そうはいってもですね」技術主任は熟練した技術屋だけが持つプロフェッショナリティを浅黒い顔に醸し出して言った。「クライアントの要望なんだから仕方ありません。リアリティを追求するために、一切の禁則事項はかけるなというのが彼のオーダーです。そのために偽物の血まで循環させてるんですから」

「どうせクライアントにアルゴリズムの中身は理解できない。まあ、それは私も同じだがね。いずれにしても、あの司令官の思考アルゴリズムは修正しろ」

「それではクライアントのオーダーに反します。技術主任として承服しかねます」

「金持ちの道楽に付き合うのは大変だな」私は肩をすくめてみせた。「トーキョーのアキハバラに開店するコーヒーショップに設置するためのシステムなんだろ？　こんなので客が入るのか」

「開発主任はアキハバラに行ったことは」

「ない」私は首を振った。「どんな街なんだ」

「サブカルの聖地です。一時は仮想現実《VR》の普及でだいぶ苦戦したようですがＶＲ障害と、我が社のアンドロイドの高性能化で、また巻き返しつつあります」

発達したＶＲの中毒性と、それによって引き起こされる精神障害は今では広く認知され、法規制の強化が繰り返されている。

「もの好きはどこにでもいるというわけだ」

「それをいうならさっきの『銃殺』だって必要ないでしょう」技術主任がからかうような眼を向けてくる。「彼女のシステムをダウンさせて、アルゴリズムと基本となるストーリーチャートをクライアントが許容する範囲内で調整すればよかったんです」

「そりゃそうだが」私は誤魔化すようにコーヒーを一口飲んで、背側の大きな窓に歩み寄った。窓外にはオニール型スペースコロニー「トラジャ3」の広大なコーヒー農園が広がる。万物は円筒型のコロニーが回転する遠心力で大地に張り付いている。

　トラジャ3はスラウェシ島の高原にあるコーヒーの名産地、トラジャの気候と土壌を再現した2番目のスペースコロニーだ。日中の寒暖差が大きく、年間の気候変動が少ない熱帯の高地はコーヒー栽培に適しているが、地球温暖化に伴う気候不安定性の増大で、地球におけるコーヒー生産量は激減した。気候制御が可能なスペースコロニーであれば、安定してコーヒーを生産できる。

「こんな退屈なコロニーで、仕事と呼べるのかどうかも怪しい開発作業に従事していれば遊び心がほしくなってくるだろ。私も物語に参加したのさ」

「司令官だってそれなりに高価ですよ。まあ、彼女は頭部の交換だけで済むでしょうが」

外では様々なドローンやヒト型ロボットが、のんびりと動いてコーヒー生産に従事している。効率だけを考えればもっと速く動かしたほうが良いが、それでは見ている人間が疲れてしまう。速度規制が行われているのだ。

社会全体の効率化と機械化が進んだことで、生活のためにヒトがすべきことは減った。今では週に3日、一日当たり5時間ほど働き、4日間は休む日々だ。仕事の意味は大きく変わった。必然的にエンターテインメントにも変革がもたらされた。

「だったらそういうことですよ」コーヒーカップを手にした技術主任が私の横に立った。「遊び心は大切です。我々が創っているのは一杯のための物語であり、物語から生じた一杯なんです」

私は皮肉を込めて言った。「君がそんなロマンチストだとは思わなかった」

自分は技術屋にすぎませんがね、と言って技術主任は照れくさそうに笑った。

「AI同士の予測不可能なせめぎ合いによって紡ぎだされた、いや、抽出されたと表現すべきかもしれません。そういう、本物の物語によって淹れられた一杯を作り出す。それが我々の開発するシステムの至上命題です」

私は頷いて残ったコーヒーを飲み干した。温度が下がったせいか、それとも心理的な要因によるものか。苦みが先ほどよりも強く感じられた。

理想とする「コーヒーメーカー」の完成には、まだ少し時間がかかりそうだ。

最高の寝床　沢木まひろ

真っ黒な空から、雨が落ちてきた。

なんだか湿っぽいと思ったら、案の定だ。のろのろと滴の当たらない位置へ移動した。

雨はどんどん烈《はげ》しくなった。夏と思えぬ寒さに身体を丸め、いつの間にか寝入ったらしい。気づけばそこらじゅう陽《ひ》が射《さ》していた。

いい匂いがした。

振り向くのと同時に扉が開き、あいつが現れた。子供みたいな顔。苦労を知らなげな白い手が、そっと皿を差しだしてくる。

「どうぞ」

黙って睨《にら》み返すと、あいつは皿を置いた。ちょっと笑って、静かに扉を閉めた。

皿の中身はほんのり温かい。旨《うま》いか不味《まず》いかで言えば、まあ旨い。目の前がゴミ置き場なのが難だが、濡《ぬ》れるのはしのげるし飯も出る。この場所へ来て、もうどれくらい経《た》つだろう。

食い終えてしばらくすると、今度はコーヒーの匂いが漂いはじめた。

子供みたいな顔のくせ、あいつは店の経営者だ。そこそこ繁盛させてるようで、表の扉が日に何度も開いたり閉まったりする。カランコロンと音が鳴り、「いらっしゃいませ」とあいつが言う。裏路地でうずくまる俺の耳にも、その繰り返しはうるさいくらい聞こえてくる。

これまで、ずいぶんいろんな場所をねぐらにしてきた。

高級ホテルの近くにいたころは、じいさんとコンビを組んでいた。朝飯を食う客たちのさまが窓から覗《のぞ》けて、空腹に耐えかねたじいさんが声を上げたら、ホテルの連中が走り出てきた。俺はすんでのところで逃げたけど、じいさんはまんまと捕まってしまった。

バカなじいさんとは、それっきりだ。思えば相棒がいたのはあの時だけで、俺はずっと独りだった。

カランコロンと音がする。「いらっしゃいませ」とあいつが言う。客が何度も出入りし、コーヒーの匂いが濃さを増してくる。

この匂いは嫌いだ。嗅がされるたび、ろくでもないことばかり思いだす。

俺にも、かつては親がいた。

父親はコーヒーを淹《い》れるのが得意だった。母親はそのコーヒーを「おいしい」と言って飲んでいた。幸せそうに笑ってた。その顔を見ていたら、俺も幸せなような気がしたものだ。

でも、いつのころからか、ふたりは幸せそうでなくなった。そして俺に向かって言うようになった。

めんどくさい。

かわいくない。

なにをかんがえてるのかわからない。


翌朝、予期せぬ出来事が起こった。

俺がまだぼんやりしてるところへ足音が近づき、扉が開いたと思ったら、見たことのない女が出てきたのだ。

驚いた。俺は思わず身構えた。

女の後ろにあいつが立っていた。子供みたいな顔と顔を見合わせ、ふたりは物々しくうなずいた。

女が俺のほうへ向き直り、こう言った。

「うちへ来なさい」

「――は？」

「大丈夫。何も心配しなくていいの」

「なんだてめえ、こっちは目上だぞ、口のききかたに気をつけろ」

「病気になっちゃうよ。梅雨にこの寒さ、異常だし」

「ちょ、おいやめろ、近づくな」

「まずお医者さんに行きましょう」

「医者だ？　とんでもねえ、カンベンしてくれ」

「ずっと外で暮らしてたんだよね？　悪いところがないか診てもらわなきゃ」

「だから、やめろって！　なに？　なんなんだよ、この無礼で荒っぽい女は！」

医者なんて、前にかかったのがいつだったか。もともと病院は好かないが、相変わらず最悪な場所だった。

ようやく済んだと思ったら、また別の場所へ連れていかれた。元気でよかった、とかどうとか女とあいつが言い合っていたけど、冗談じゃない。俺はほとんど死にかけていた。

「どうぞ」

あいつが扉を開けた。やたら明るくて目が眩《くら》んだ。

「安心して。きっと気に入るから」

女が微笑《ほほえ》む。だからその、赤んぼに言うみたいな口調をなんとかしやがれ。

そこで感づいた。他にも誰かいるようなのだ。首を伸ばして覗いてみて、目を疑った。俺と似たような老いぼれが大勢、ゆったりとくつろいでいるではないか。

「問題ねえよ」

一番でかいツラをした老いぼれが声をかけてきた。

「ここは安全だ。そのふたりに任せときゃ、悪いようには絶対されねえ」

「ほんとか？」

「ああ、すこぶる快適さ」

そんな都合のいい話があるもんか。扉の前で俺は長いこと動かずにいた。けれどあいつも女も、決して急《せ》かしたりはしなかった。


だいぶ迷った末、覚悟が決まった。扉を抜けていくと、まずでかいツラの老いぼれに挨拶した。彼はけっこう親切に、ここでの過ごしかたについて教えてくれた。

「うまくやれそうかい」彼が言った。

「まだわからん」俺は返した。

いちおう新参者だから、俺は彼を「兄貴」と呼ぶことにした。他の老いぼれどもにも、とりあえず面を通した。反応はさまざまだった。気楽に挨拶を返してくる者。無視を決めこむ者。若干の敵意をちらつかせる者。

「自己紹介は済んだ？」女が訊《き》いてきた。

「済んだ！」兄貴が答えた。

「よかった。じゃあ、みんなで楽しくやってくださーい」

「はーい」

まったく危機感ゼロの奴《やつ》らだ。とくに信じられないのは、子供みたいなあいつと女を、老いぼれどもが揃《そろ》いも揃って「お父さん、お母さん」と呼ぶのである。

俺はひとり用心し続けた。常に警戒を怠らず、飯が出てきてもすぐには食わなかった。でんと腰を落ち着けて食ってる兄貴を、実は少し軽蔑したりもした。でも、どれだけ時間が過ぎていっても、災いはやって来ないのだった。

ここの朝は早い。夜が明けるとまず女が現れ、例によって荒っぽい動作で配膳をする。俺たちが食い終えるころあいつが来て、コーヒーを淹れ、自分たち用の飯をこしらえはじめる。

やがてふたりは差し向かいに座り、両手を合わせて「いただきます」と言う。幸せそうに笑ってコーヒーを飲む。最初はそれが不安な気がした。父親と母親がやっていたのと、同じ行動だったからだ。父親と母親はコーヒーを飲まなくなった。「いただきます」と言わなくなり、しまいには一緒に食うことすらなくなっていった。

俺の心配を兄貴は笑い飛ばした。

「大丈夫だよ。お父さんとお母さんは、生まれるずっと前からつながってんだから」

そのとおりだ。俺にもなんとなくわかっていた。コーヒーの匂いだって、ここで嗅ぐぶんには悪くない。

あいつが店をやりに出かけると、女はノートパソコンを前に置き、ほぼ一日じゅうキイをたたいている。退屈にしか見えないのだが、それが彼女の仕事らしい。ときどき夢中になって配膳を忘れるので、兄貴が代表して脇へ行き、注意喚起をしてやらねばならない。「ごめん、もうそんな時間！」女はあわてて立ち上がり、三度に一度はどこかに足をぶっつける。やることなすこと騒々しいのにも、そろそろ慣れてきた。

飯はだいたい兄貴と並んで食う。食ってるところを、女はにこにこと見物する。

「仲よくなったね。嬉《うれ》しいなあ」

別に仲がいいわけじゃない、俺が仁義を通してやってるだけだ。

ただ、兄貴が言っていたのは真実だった。ここは快適だ。いっそ極楽だ。どんな天気だろうと濡れない。寒くないし暑くもない。腹が減るころに飯が出る。眠ければいつまででも寝ていられる。

「ったく、何考えてんだか」女が笑う。「ま、いいよ、きみたちが元気にしててくれればば。リョウちゃんもあたしも、そのために働いてるようなもんなの」

飯が終わると、兄貴は大胆にも仕事を再開した女の膝に乗っかった。俺は勇気を出して、パソコンのキーボード上に寝そべった。「じゃま！」言いつつ女はやっぱり笑い、俺の後ろ首をなでてくれる。

「お母さん」勇気を出しついでに呼んでみた。

「んー？　なに、どうした」

やばい。幸せすぎて喉が鳴る。

「ねえ、できたらあっち使ってくれないかなあ。締め切り迫ってるんだよ」

俺は薄目を開け、他の奴らがたむろしているキャットタワーとやらを見やった。

うーん。

使ってやらないこともないけど、今はやっぱりこっちがいい。

喫茶「交差点」のドッペルゲンガー　喜多喜久

ある土曜日の昼下がり、老紳士と若い女性の二人組が店に姿を見せた。

「いらっしゃいませ」

カウンター六席だけの狭い店内に、私の声が響く。

老紳士はサングラスを掛けている。六十代後半といったところか。目が悪いようで、連れの女性に手を引かれながら席に着いた。彼女の年齢は二十代半ばか。その顔立ちは老紳士にとてもよく似ている。間違いなく実の娘だろう。

ホットコーヒーを注文し、「ここは君の店なのかな。他に店員はいないようだが」と老紳士が話し掛けてきた。

「オーナーは別にいます。私は元々ここのアルバイトなんです。オーナーの引退に伴い、こうして店長を任されるようになりました」

「そうかい。ふらっと店の前を通り掛かった時に、『交差点《こうさてん》』という店名に興味を惹《ひ》かれてね。交差点に面しているわけでもないのに、どうしてそんな名前が付いているのかな」

「人と人との運命が交わる場所になるように——オーナーは店名にそんな思いを込めたそうです」

私は二人分のホットコーヒーをカウンターに置き、「だから、この店では時々不思議なことが起きるのかもしれません」と呟《つぶや》いた。

「興味深いな」と老紳士が言う。「何か、エピソードを話してくれないか」

唐突な頼みではあったが、こういう流れになる予感はあった。私は少し迷って、

「……ドッペルゲンガーという言葉をご存じですか」と切り出した。

「自分と瓜二つの人間、でいいかな。本人が見ると死ぬ、なんて言うアレだろう」

「ええ、そうです。今から十年ほど前でしょうか。私がまだアルバイトだった頃です。初めて店に来られたお客さんから、『北海道で君を見たことがある』と言われたんです。ですが、私は一度も北海道を訪れたことがありませんでした」

「それはまさしくドッペルゲンガーだ」と老紳士が頷《うなず》く。「しかし、冷静に考えれば他人の空似ということになるか」

「私もそう思いました。案外、世の中には自分に似た顔の人間がいるものです。そこで終わっていれば、記憶にも残らなかったでしょう。――しかし、運命は交わりました。この店で」

　私はため息をつき、老紳士の隣に座る女性を見た。彼女は目を見開き、私の顔をじっと凝視していた。

「ドッペルゲンガーの話題が出てから半年後のことです。北海道で目撃されたドッペルゲンガー本人が、『交差点』に現れたんです。五月の連休を利用して東京に遊びに来ていたそうで、店を訪れたのは偶然でした」

「因縁めいたものを感じるな。その人は、本当に君に似ていたのかね」

「年齢も近かったので、そっくりでしたね。自分でもよく似ていると感じましたし、相手も同じ感想を持ったそうです」

私はそこで言葉を切り、老紳士の様子を窺《うかが》った。彼は満足そうにコーヒーを口に運んでいる。

続きを話すべきだろうか。私は迷いを覚えたが、言わずに済ませてしまうと、そのことを一生後悔しそうな気がした。おそらくは、これも運命なのだ。

私は心を落ち着けるためにグラスを布で磨きつつ、「実は、これで終わりではないんです」と話を再開した。

「私たちがあまりに似ていたので、当時の店長が『ＤＮＡ鑑定をしてみたらどうだろう』と提案したんです。たまたま店長の知り合いに生物系の研究者がいて、格安で調べてもらえるという話でした」

「それはなんというか……やりすぎじゃないか」と老紳士が眉根を寄せる。

「そうお感じになる気持ちは分かります。ただ、私には父親がいませんでした。母が一人で育ててくれたんです。母は周囲に、『父親は失踪《しっそう》した』と話していました。それで、店長はそんな案を出してくれたのだと思います」

「なるほど。消えた父親の手掛かりになるかもしれないと期待したわけだ」

「私は正直、反対でした」

「どうしてかね」

「失踪したというのは、母がついた嘘《うそ》だと思っていました。いなくなったというのに、捜す素振りさえありませんでしたから。詮索してはいけないのだろうと、子供の頃からなんとなく理解していました」

「パンドラの箱のようなもの、と認識していたわけだ」

老紳士の喩《たと》えに、私は小さく頷いた。蓋《ふた》を開けば不幸がまき散らされる——昔から私はそんな予感を覚えていた。

「私は気乗りしませんでしたが、ドッペルゲンガー氏は妙に正義感の強い人でした。もし自分の父親が不貞を働いていたのなら、その責任を取らせなければいけないと言って、DNA鑑定を望んだんです。その熱意に押し切られ、私は結局、体細胞の採取に同意しました」

「……鑑定の結果はどうだったのかね」

老紳士はカウンターに肘《ひじ》を突き、祈るように両手を組み合わせている。私はサングラス越しの彼の視線を受け止め、「血の繋《つな》がりが認められました。母親は異なりますが、父親は同じだと判明したのです」と言った。

おお……、と老紳士が声にならない声を出す。隣では、女性が「ああ……」と囁《ささや》いて目を伏せた。その表情はよく似ていて、二人はやはり親子なのだなと私は思った。

グラスを拭きながら、私は続ける。

「科学的にそういう事実が証明されたことで、真相を知りたいという気持ちが芽生えました。私は迷った末に、一連の出来事を母に話しました。そして、母は私の出生の秘密を語りだしたのです」

私の母は男性恐怖症でした、と私は静かに告げた。

「母の父親……つまり、私の祖父に当たる人物はとても粗暴で、日常的に家族に暴力をふるっていたそうです。それで男性への恐怖心が根付いてしまったのでしょう。そのトラウマは、結婚という選択肢を母に諦めさせるほど強烈なものでした。その一方で、母は子供を持ちたいと強く願っていました。熟考の末、母は精子バンクを利用することを決めました。そして、ボランティアの男性が提供した精子を用いて人工授精を行い、私が生まれました」

「では、そのドッペルゲンガーの父親が提供者だったわけか」

「そういうことです」と私は即答した。「向こうの父親は学生時代にドナーとなっていたようです。彼は自分の精子が使われたことを知らなかっただけで、決して不貞などではありませんでした。そのことがはっきりしたので、ドッペルゲンガー氏の父親に掛けられた疑いは晴れました」

「それは何よりだ」と老紳士が呟く。

「私も、明かされた事実を自然に受け入れられました。私にとって父親というのは『いなくて当たり前』のものです。実の父親に会いたいとは思いませんでした。出生の経緯がどんなものであれ、私にとって家族と呼べる存在は母だけですから」

私は磨き終えたグラスを置き、「これで私の話は終わりです。いかがだったでしょうか」と手を広げてみせた。

「いや、実に興味深かったよ。運命が交わる喫茶店という名に恥じない、非常にドラマチックなエピソードだった」

老紳士はにっこりと笑い、私の淹《い》れたコーヒーをうまそうに飲んだ。

その後、三十分ほど滞在し、老紳士は来た時と同じように娘に手を引かれて店を出ていった。

翌日。今度は娘が一人で店に姿を見せた。ちょうど、店に誰も客がいないタイミングだった。

「いらっしゃいませ」

彼女の表情は神妙だ。どうやらコーヒーを飲みにきたわけではなさそうだ。

彼女はゆっくりと、足元を確かめるように私のいるカウンターに近づいてきた。

「……どうして、父に嘘をついたんですか」

眉間にしわを浮かべながら、彼女がそう訊《き》いてきた。

「嘘、ですか。作り話めいて聞こえたかもしれませんが、実際にあったエピソードをお話しさせていただいたのですが」

「そうじゃありません」苛立《いらだ》ったように彼女が首を振る。「ドッペルゲンガーさんの父親に関する部分です。その人が精子提供者だと話していましたけど、そんなはずがないんです」

私はふっと息を吐いた。彼女は、この店で起きた新たな運命の交わりに気づいていたようだ。顔を見れば分かる、ということか。

「……これは、あなたが仕組んだことなんですか？」

怯《おび》えをわずかに含んだ声で彼女が訊く。私は首を横に振った。

「何もしていません。完全な偶然です。それより、もう少し詳しく聞かせていただけますか。なぜ私の話を否定されたのでしょうか」

「私の考えが正しければ、ドッペルゲンガーさんの母親も、精子バンクの利用者だったはずです。一緒に暮らしていた『父親』がいたとしても、その人とドッペルゲンガーさんの間には血の繋がりはないはずです」

「どうしてそういう結論になるのでしょうか」

「私の父に離婚歴はありませんから」

私は微笑《ほほえ》んだ。彼女は自分の父親のことを信頼しているのだ。だから、父親が浮気をしていて、よそで家庭を持っていた可能性など微塵《みじん》も考えていないのだろう。無論、そんな邪推は必要ない。彼女の推理は正しい。

ドッペルゲンガー氏の母親もまた、精子バンクを利用していた。彼女の夫が病によって生殖能力を失っていたためだ。ドッペルゲンガー氏もDNA鑑定によって初めて、生物学的な意味での『父親』が他にいることを知ったのだ。昨日、私はその部分だけ伏せ、老紳士とその娘に少しばかり事実と異なる話をしていた。

「あなたの言う通りです」と私は言った。

「……昨日、真実を明かさなかったのはなぜですか」

「打ち明ける必要がないと思ったからです。お父さんは忘れていたんでしょう？　自分がボランティアになったことを。だから、あなたも内緒にしておいてください」

たぶん、あの老紳士の視力が低下していたことも、運命の一部なのだと思う。もし彼の視力が正常だったのなら、この店に入って私の顔を見た瞬間に気づいただろう。目の前にいる店員が、自分自身の子供であることに。

モンブラン死すべし　降田天

「モンブランはこの世から消えればいいよ」

　メニューをちらりと見るなり、凛子《りんこ》は不機嫌に言い放った。そうだよね、モンブラン死すべしだよね、殲滅《せんめつ》せよだよね、と玲奈《れいな》が熱心に同調する。杏子《きょうこ》はテーブルに頬《ほお》杖《づえ》をつき、クールにふたりを見守っている。この店の特製モンブランを食べたくて、クリック合戦で予約を勝ち取った私の気持ちこそがこの世から消えそうだった。

　高校時代からの友達四人組。卒業後もちょくちょく集まっては、おしゃべりに興じている。

　今日の話題は、待ち合わせ場所に集合した瞬間に決まった。「彼氏に裏切られた。あいつを殺したい」という凛子の物騒な台詞《せりふ》で。どちらかといえばコミュニケーション無精の凛子から緊急招集のメッセージが来た時点で、何かあったのだとは思っていたけれど。

　彼氏のスマホを見ちゃって、というお決まりのパターン。甘いものが嫌いな彼氏のスマホに、あきらかに食べにいって撮った大量のモンブランの写真が保存されていたのだという。

　いまの凛子は手負いの獣だ。コーディネートがきまらないと不安定な天気と環境を破壊し続ける人類を罵り、道ゆくカップルが小学生であろうと老人であろうとあら探しをする。さらに入店時に「え、四名様ですか？」と迷惑そうな顔をされたことで、戦闘モードに拍車がかかった。

そこへきて、このメニューだ。本日のおすすめケーキのなかに、王者の風格で燦然《さんぜん》と輝くモンブラン。メレンゲの上に洋栗《ようぐり》のクリームをたっぷり乗せ、その上からさらに和栗のクリームを重ねてある。最初のひとくちから最後のひとくちまで飽きることがないよう計算し尽くされた逸品……とスイーツ通のブログに書いてあった。

とてつもなくおいしそうだ。写真を見ているだけで口のなかによだれが湧く。

凛子には悪いけど、やっぱりあきらめられない。どうしても食べたい。この状況でどうすればつつがなく注文できるだろう。

「でもさ、まだ浮気と決まったわけじゃないんじゃないの。友達と食べにいったって彼は言ってるんでしょ」

「あの反応はまちがいなくクロ。あんたも浮気されたらわかるよ」

とりなそうとしたものの冷ややかに一蹴され、思わず口ごもる。

「……そんなクズ男のためにモンブランを嫌いになるのって損じゃない？」

「べつに。そもそも栗が好きじゃない。お正月の栗きんとん、毎年感情を消して食べてるってことを、いまになって自覚した」

モンブランのみならず栗の好感度まで下がっている。

「むしろ、たいして食べたくもないのに人に合わせてモンブランを頼むなんて愚行を今後は絶対に犯さないから、人生においてプラスだよ」

胸にちくりときた。渋皮のように苦い気持ちを面の皮の下に隠し、懸命に頭を働かせる。今日はなにがなんでもモンブランを食べるのだ。

「モンブランを彼氏だと思って、フォークとナイフで切り刻んでやるのはどう？　ほら、殺したいって言ってたじゃん」

「それなら本人を半殺しにするよ。タダだし。私、クラヴ・マガ習いはじめたの」

なにそれと玲奈が無邪気に尋ね、世界各国の軍や警察に導入されている近接格闘術だと凜子が説明する。護身とエクササイズとストレス解消のためだそうだが、このタイミングと文脈だと違う目的があるようにしか聞こえない。

「とりあえず、注文決めちゃわない？」

杏子の現実的な意見に従って、全員でメニューをのぞき込んだ。

「オレンジ風味のチーズケーキがおいしそう。ドリンクはカフェオレかな」

玲奈は即決だ。この子はどの店に行っても必ずチーズケーキとカフェオレを頼む。

「私はガトーフレーズ。あとキリマンジャロ」

杏子はいつも紅茶の印象があるので、キリマンジャロとはめずらしい。

そして凜子は、

「クリームソーダ」

ケーキとドリンクという流れをばっさり断ち切った。人に合わせはしないというさっきの宣言どおりに。裏切られた経験が彼女をたくましくしたようだ。

残るは私だけ。宝石のように輝く大粒の栗が、なめらかなブラウンのクリームが、その下に隠されたさくさくのメレンゲが、私を呼んでいる。モンブランを頼みたい。凛子のように自分に正直に、堂々と。

「ええと、飲み物はブレンドで……」

選択を先延ばしにしてしまった。日和《ひよ》ってしまった。凛子の尖《とが》った目が試すようにこちらを見ている。そう感じる。

「……ガトーショコラで」

だめだった。やはり凛子の前では。

玲奈が愛想よく店員を呼ぶ。私は未練を断ち切るべく、メニューをテーブルの脇に片づけた。


それから二時間半ばかり、私たちは凛子の愚痴に付き合った。会話のなかでモンブランは数十回にわたり不当に貶《おとし》められた。つらかった。モンブランにはなんの罪もない。だがかばうのもはばかられ、何度も注がれた水と後ろめたさで胃が苦しくなってきたころ、ようやくお開きになった。

会計の前に、凛子と玲奈がそろってトイレに立つ。

ふたりきりになったとたん、杏子が言った。

「あんた、モンブラン好きだったよね。凛子と玲奈は憶えてないみたいだけど。高校のとき、大学生になったらケーキ屋や喫茶店をめぐってモンブランの食べ比べするんだって言ってたじゃない」

「……おお、理系はさすが記憶力いいね」

どきりとしながらおどけてみせる私を、杏子はじっと見つめた。

「お店に入ったとき、四名様ですかって迷惑そうに言われたよね。あんた、二名で予約してたんじゃないの？　本当はだれと来るつもりだったの？」

さらりと問いを突きつけられ、言葉につまる。

それはもちろん、私のモンブラン愛に付き合ってくれる人だ。私と彼は、一緒にモンブランの食べ比べに出かけ、記念に写真を撮りためていた。好きな人と好きなものを共有できていると思っていた。まさか甘いものが嫌いだったなんて、凛子から聞かされるまで知らなかった。まさか、二股をかけられていたなんて。

私たちはお互いの彼氏の話をするとき、その名前を出さなかった。「彼氏」で事足りたし、言いたくなかったというのもある。凛子のほうもそうだろう。彼も高校の同級生で、あいつはないわー、というタイプだったから。

本当は今日はデートのはずだった。もともとはそのために、私はこの店を予約していた。ところが急用ができたからとキャンセルされ、そこへちょうど凜子から緊急招集がかかった。私はせっかく取れた予約を無駄にしたくなくて、こちらの集まりに流用したのだ。ドタキャンは、凜子に浮気がばれたせいだったのか。ということは、つまり私は本気じゃない相手だったわけで。

クズ野郎。あんなやつのために、私はモンブランを嫌いにならない。なりたくない。だからこそ今日は絶対にモンブランを食べたかったのに。知らなかったとはいえ凜子に申し訳なくて、ついに思いを遂げることができなかった。

私が黙り込んでいると、杏子はなにもかもお見通しという顔でにやりとした。

「タルト・タタン」

「え？」

「この近くに、タルト・タタンがスペシャリテの喫茶店があるの。おごってくれる？」

共犯者のほほえみを浮かべる杏子の瞳には、わずかに憐憫《れんびん》の情が感じられた。

「解散したあと、ふたりで行こうよ。ケーキもう一個くらい入るでしょ。モンブランもあると思うし」

杏子がいつものように紅茶を頼まなかった理由が、それでわかった。この店では紅茶はポットでサーブされるので、二軒目に行くにはくには量が多いと考えたのだ。

タルト・タタンか。キャラメリゼしたりんごの、甘くてほろ苦い味を思い浮かべながら、私はそっと鼻をすすった。

「私はモンブランを食べるけどね」

「愚痴喫茶」顚末記　海堂尊

「なんだか、浮かないお顔をしていらっしゃいますね」

病院長室から戻ってすぐに藤原《ふじわら》さんに声を掛けられ、頭を掻《か》く。

「わかりますか」

「ええ、病院長室からお戻りになると、八割の確率でため息をつかれます。そのうちの三割のケースで、私に相談されますから」

啞然《あぜん》として藤原さんを見た。この人は密《ひそ》かに俺を観察しつつ、そんな統計まで取っていたのか。まったく、油断も隙《すき》もありゃしない。

東城《とうじょう》大学医学部付属病院の勤務医である俺は神経内科医だが、ひょんなことから、設計ミスでできたどん詰まりの部屋で、患者の不定愁訴をひたすら聞くという特殊任務を生業《なりわい》にすることになった。正式名称は不定愁訴外来だが、俺の名字の田口《たぐち》をもじった「愚痴外来」という俗称の方が通りがいい。需要は結構あって、俺みたいな横着者が病院内にそれなりの居場所を確保できているのは驚くべきことだ。

藤原さんは元看護師長で、再雇用で俺の外来を手伝ってくれている。でも時として上司であるはずの俺に指示して自由自在に問題を解決したりする。

これではどちらが上司か、わからない。そんな万能感あふれるアシスタントの藤原さんが、朗らかな声で訊《たず》ねる。

「それで今回は一体、院長先生から、どんな無茶ぶりをされたのですか」

「この外来で喫茶店をやれ、とおっしゃるんですよ」

高階《たかしな》病院長は、通常の枠組みで解決できないような問題が起こると、俺に丸投げしてくる。そんな俺の院内評価は「院長の便利屋」なのだ。せめて「懐刀」くらいに言ってほしいものだが。そんな風に丸投げされた無理難題を俺は松竹梅にランク分けしている。その意味では今回の丸投げ案件は松竹梅の梅、まあ、ため息をつく程度のこと。

しかも俺にしては珍しく、それを拒否する対案もあった。

俺はつい先ほどの、病院長室でのやりとりを思い出す。

「実は先日、都内の病院を視察する機会がありましてね。そしたらなんと病院の売店の隣に、有名な珈琲《コーヒー》チェーン店のスターボックスが入っていたんです。しかもそこには患者さんやご家族だけでなく、制服姿の近所の学生さんたちまでたむろしていました。それを見て、これだ、と思いました。病院は、医療を核としたコミュニティセンターになるべきだという、私のポリシーと見事に合致していたんです」

素晴らしいお考えですね、とうっかり相づちを打つと、院長の眼がきらりと光った。

あれだけ何度も酷《ひど》い目に遭いながら、俺って奴は学習能力が低すぎる。

「田口先生もそう思われますか。それは心強い。というわけで、不定愁訴外来に新たに喫茶室機能を装備していただきたいのです」

何が、「というわけで」なんだ？　ロジックの筋道が全く見えない。

「ちょ、ちょっと待ってください。視察された病院が素晴らしかったのなら、素直にそのシステムを見習ってスタボを入れればいいじゃないですか」

「当然、私もそう考えました。でも人のつながりを大切にしたい私は、新たに飲食店を設けるなら、病院のレストラン『満天《まんてん》』の親父さんの了解を得るのが筋だと思ったんです。で、親父さんに相談したら大激怒されまして。『俺は横文字のチェーン店は大嫌いだし俺の店では喫茶も対応している、そもそもコーヒーだって五種類のストレートに加えて満天のオリジナルブレンドまで出していて好評だ、そんなチェーン店なんか、俺の病院には必要ない』、と啖呵《たんか》を切られてしまいまして」

俺は密かにうなずく。以前、満天の親父さんの相談に乗って以来、お礼として珈琲のポットサービスをいつでも無料で提供してもらえることになっている。ふだんは藤原さんが珈琲を淹《い》れてくれるが、たまに彼女が数日続けてお休みを取った時などは好意に甘えている。珈琲通の俺が断言するが、満天の親父さんの珈琲は一級品だ。

「でも、そんな風に言われて私もカチンと来てしまいまして、売り言葉に買い言葉、確かに満天の珈琲は絶品ですが紅茶は非力ですよね、と言い返してしまったんです」

「そりゃあ怒ったでしょう、親父さんは」

「それが意外なことに、親父さんはしばらく考えていたんですが、紅茶専門の喫茶店ならいいだろう、というお返事をいただいたんです」

おお、なんと柔軟な対応。でもどうしてそこに俺が出てくるんだ？

「で、早速調べてみたら、紅茶専門のチェーン店はなさそうでして。それなら田口先生のところで紅茶専門喫茶店をトライしていただくのがいいのかな、と思いまして」

無茶な論理跳躍に目眩《めまい》を覚えながらも、俺はすかさず言い返す。

「それなら田村《たむら》さんにお願いして、院長室を喫茶室にすればよろしいのでは」

高階病院長の紅茶好きは有名で、院長室では珈琲ではなく、大抵は紅茶が出てくる。噂《うわさ》では院長秘書の田村さんは紅茶マスター（そんな資格があるかどうかは知らないけれど）くらいの達人だという。

瞬時の切り返しとしては我ながらお見事、と悦に入っていたら、高階病院長は、そんな俺をじっと見つめて、こう言い放った。

「院長室で喫茶店を開き、不特定のお客を接遇するなんて、そんな不謹慎なことが、この東城大病院で許されると思っていらっしゃるのですか、田口先生は」

いや、当然そんなことはひとかけらも考えていないけれど、それなら俺の不定愁訴外来でも同じ理屈が成立するとは考えないのか、この人は。

だがそんなことを口にしたところで建前論と水掛け論のぶつかり稽古になってしまうのは目に見えている。なので俺は現実的な落としどころを見つけた。

「わかりました。この案件は私の部署に持ち帰らせていただきます。私も本職は医師なので、喫茶店のマスターの仕事を業務時間内に兼職するわけにいきません。紅茶係は他の人に委託することになるので、その方の了解を得なくては」

一瞬、高階病院長は顔をしかめた。そんなことを頼めるのは愚痴外来のオールマイティ・レディ、藤原さんしかいない。藤原さんは若き日の高階病院長のバディで、腹《はら》黒狸《ぐろだぬき》と揶揄《やゆ》される高階病院長が頭が上がらない、数少ない院内の人物でもある。

だから藤原さんがノーと言えば、この話はぽしゃるだろう。そう考えながら、俺はとぼとぼと自分の根城に戻ってきたのだった。ところがいざ藤原さんに話を振ってみたら、驚いたことに、彼女は目をキラキラさせて答えた。

「あら、紅茶専門の喫茶店をやらせてもらえるんですか。素敵です。喜んでお引き受けしますわ」

おお、なんということだ。

想定外の回答に、俺はあわてて、院長室から戻る道すがら、スマホで調べた即席の知識を開陳する。

「でも喫茶店を開業するにはいろいろ資格や申請が必要なのでやっぱり難しいかと。まず保健所に食品営業許可申請が必要ですし」

「それはあたしがやっておきます」

「防火管理者も必要らしいです」

「紅茶店は電気ポットだけでできますから問題ないです。それに病院には防火管理者がいますし。そういえばここの火元責任者は田口先生だったのでは？　あと風俗営業許可も、お客を接待する場合だけですから必要ありませんし」

目の前で次々に、付け焼き刃の防衛ラインが破壊されていく。俺は脱力した。

院内の表の最高権力者の病院長と、裏世界の実力者の意向が揃《そろ》ってしまえば俺の意志なんて吹けば飛ぶよな将棋の駒。こうなったらなすがまま、時の流れに身を任せるしかないということを、俺は経験上知悉《ちしつ》していた。

やれやれ、数日後にはこの俺が喫茶店のマスターか。

それにしても、どうしていつも、こんなことになってしまうのだろう。


そこからは一瀉千里《いっしゃせんり》だった。藤原さんは院長室と事務長室に出入りし、「愚痴喫茶」なる店名で院内申請し、売り上げは病院会計から外すという約束まで取り付けた。その儲《もう》けで愚痴外来の喫茶環境を充実させようと目論《もくろ》んでいるらしい。更に、俺に負けず劣らず横着者の藤原さんは、俺にも責任の一端を負わすべく、店名に「あなたの執事喫茶」というサブタイトルを加えた。客は午前一組、午後二組で一日三組。そこでお客さまの悩み事を、執事姿の俺が親身に聞くというコンセプトらしい。水が低きに流れる如《ごと》く、すべての厄介ごとが俺のところに流れ込み、こうして俺はいつものように、すべての災難の引き受け手になってしまうんだな、という諦念に包まれた。

＊

二週間後。正式開店を三日後に控えたある日、俺は院長室に呼び出された。

すると高階病院長が、浮かない顔でいきなりこう通告した。

「申し訳ありませんが、愚痴喫茶の開店は見送らせていただきます」

「え？　もうすぐプレ開店なのに……。なぜですか」

俺にとって願ってもない決定のはずなのに、不思議なもので、そんな風に頭ごなしに撤回されてしまうと、それはそれでなんだか胸がもやもやする。

「これも田口先生のせいですよ。先生の院内人気が高すぎるのがいけないんです」

どういうことだ、と怪訝《けげん》な表情でいると、高階病院長は説明を続けた。

「開店前に院内でプレ開店して様子をみる、という田口先生のご提案は妥当でした。企画に消極的だった三船《みふね》事務長も『院内でテストすれば何かあっても傷口は小さくて済みますね』と同意されましたし。その結果、現状はどうなっていますか？」

「おかげさまで好評で、一日三組の予約が半年先まで埋まっています」

高階病院長は、ふう、とため息をついた。

「田口先生の信頼度の高さと人気には呆《あき》れますねえ。これでは外部の人が喫茶店に入れなくなり、紅茶喫茶開店の本来の趣旨を逸脱してしまいます。ですので病院長としては涙を呑《の》んで、愚痴喫茶の開店を却下せざるを得なくなったんです」

説明を聞いて、理由はそれだけではないな、と直感した。愚痴喫茶の開店で、今の大学病院に問題が山積していることが露呈しそうになり、病院上層部が怖《お》じ気《け》づいたのだろう。だがその決定に異存はなく、俺は愚痴喫茶の開店前閉店を、素直に受け入れた。

それにしても「愚痴喫茶」という名称といい、開店前閉店という、前代未聞の華々しい末路といい、またしても俺は東城大病院のレジェンドになってしまいそうだ、と俺はげんなりした。廊下トンビの兵藤《ひょうどう》君がやってくるのも間もなくだろう。

もともと存在しなかった幻の喫茶店が、陽炎《かげろう》の如く消え失せたところで悲しむ人もいなかった。ただ、初日の予約を取った事務職員からブーイングは出た。

でも本当にやりきれない思いをしたのは藤原さんで、それからしばらくの間は、珈琲でなく紅茶が出された。実は俺は紅茶は苦手だった。だが藤原さんの失意を思えば、有無を言わせず出された紅茶を、黙って飲み干すしかなかった。

紅茶の香りが漂う窓の外、ちちち、と小鳥が鳴いた。そんな騒動があったことなど微塵《みじん》も感じさせず、愚痴外来は今日も天下太平、のどかな日差しがさしている。

この物語はフィクションです。作中に同一の名称があった場合も、
実在する人物、団体等とは一切関係ありません。

執筆者プロフィール一覧 ※五十音順

青山美智子（あおやま・みちこ）

一九七〇年生まれ、愛知県出身。横浜市在住。大学卒業後、シドニーの日系新聞社で記者として勤務。2年間のオーストラリア生活ののち帰国、上京。出版社で雑誌編集者を経て執筆活動に入る。第28回パレットノベル大賞（小学館）佳作受賞。デビュー作『木曜日にはココアを』（宝島社）が、第一回宮崎本大賞を受賞。同作と2作目『猫のお告げは樹の下で』（宝島社）が未来屋小説大賞入賞。最新作『鎌倉うずまき案内所』（宝島社）が、好評発売中。

乾緑郎（いぬい・ろくろう）

一九七一年、東京都生まれ。『完全なる首長竜の日』（宝島社）にて第九回『このミステリーがすごい！』大賞を受賞。『忍び外伝』で第二回朝日時代小説大賞も受賞し、新人賞二冠を達成した。『忍び秘伝』（文庫化に際して『塞の巫女』に改題）にて、第十五回大藪春彦賞の候補作に選出される。他の著書に、『海鳥の眠るホテル』『鷹野鍼灸院の事件簿』『鷹野鍼灸院の事件簿　謎に刺す鍼、心に点す灸』（以上、宝島社）、「機巧のイヴ」シリーズ（新潮社）、『思い出は満たされないまま』（集英社）、『僕たちのアラル』（ＫＡＤＯＫＡＷＡ）、『悪党町奴夢散際』（幻冬舎）、『ツキノネ』（祥伝社）などがある。

岩木一麻（いわき・かずま）

一九七六年、埼玉県生まれ。千葉県在住。神戸大学大学院自然科学研究科修了。国立がん研究センター、放射線医学総合研究所で研究に従事したのち、医療系出版社に勤務。第十五回『このミステリーがすごい！』大賞を受賞し、『がん消滅の罠　完全寛解の謎』で二〇一七年にデビュー。他の著書に『時限感染　殺戮のマトリョーシカ』（以上、宝島社）がある。

岡崎琢磨（おかざき・たくま）

一九八六年、福岡県生まれ。京都大学法学部卒業。第十回『このミステリーがすごい！』大賞・隠し玉として、『珈琲店タレーランの事件簿　また会えたなら、あなたの淹れた珈琲を』（宝島社）で二〇一二年にデビュー。同書は二〇一三年、第一回京都本大賞に選ばれた。同シリーズの他、著書に『道然寺さんの双子探偵』（朝日新聞出版）、『病弱探偵　謎は彼女の特効薬』（講談社）、『さよなら僕らのスツールハウス』（ＫＡＤＯＫＡＷＡ）、『春待ち雑貨店ぷらんたん』（新潮社）、『夏を取り戻す』（東京創元社）、『下北沢インディーズ』（実業之日本社）などがある。

海堂尊（かいどう・たける）

一九六一年、千葉県生まれ。医学博士。外科医、病理医を経て現在はほぼ文筆業に専念。第四回『このミステリーがすごい！』大賞を受賞し、『チーム・バチスタの栄光』（宝島社）で二〇〇六年にデビュー。同シリーズは累計発行部数一〇〇〇万部を超える。著書多数。

柏てん（かしわ・てん）

一九八六年生まれ、茨城県出身。神奈川県在住。小説投稿サイト「小説家になろう」に投稿していた『乙女ゲームの悪役なんてどこかで聞いた話ですが』（アルファポリス）にて二〇一四年デビュー。他の著書に『皇太后のお化粧係』（1〜3）（角川ビーンズ文庫）、『リストラ聖女の異世界旅　青春取り戻してやるから見てなさい!?』（フェアリーキスピュア）、『妹に婚約者を譲れと言われました』（1〜2）（カドカワBOOKS）、『京都伏見のあやかし甘味帖』（1〜5）（宝島社文庫）などがある。

梶永正史（かじなが・まさし）

一九六九年、山口県長門市生まれ。東京都在住。コンピューターメーカーに勤務。第十二回『このミステリーがすごい！』大賞を受賞し、『警視庁捜査二課・郷間彩香　特命指揮官』（宝島社）で二〇一四年にデビュー。同シリーズの他、著書に『組織犯罪対策課　白鷹雨音』（朝日新聞出版）、『銃の啼き声　潔癖刑事・田島慎吾』（講談社）、『ノー・コンシェンス　要人警護員　山辺努』（祥伝社）、『アナザー・マインド　×1捜査官・青山愛梨』（角川春樹事務所）などがある。

喜多喜久（きた・よしひさ）

一九七九年、徳島県生まれ。第九回『このミステリーがすごい！』大賞・優秀賞を受賞し、『ラブ・ケミストリー』で二〇一一年にデビュー。その他の著書に、『猫色ケミストリー』『リプレイ2.14』『二重螺旋の誘拐』『研究公正局・二神冴希の査問　幻の論文と消えた研究者』『リケジョ探偵の謎解きラボ』『リケジョ

探偵の謎解きラボ　彼女の推理と決断』『推理は空から舞い降りる　浪速国際空港へようこそ』『科警研のホームズ』『科警研のホームズ　毒殺のシンフォニア』（以上、宝島社）、『化学探偵Mr.キュリー』（中央公論新社）、『プリンセス刑事』（文藝春秋）などがある。

黒崎リク（くろさき・りく）

長崎生まれ、宮崎育ちの九州人。第四回ネット小説大賞に入賞し、二〇一七年に『白いしっぽと私の日常』（ポニーキャニオン）でデビュー。第六回の同賞で、『帝都メルヒェン探偵録』（宝島社）がグランプリを受賞。本屋と博物館と洋館が好き。

佐藤青南（さとう・せいなん）

一九七五年、長崎県生まれ。第九回『このミステリーがすごい！』大賞・優秀賞を受賞、『ある少女にまつわる殺人の告白』にて二〇一一年デビュー。他の著書に「消防女子!!」シリーズ、「行動心理捜査官・楯岡絵麻」シリーズ（以上、宝島社）、「白バイガール」シリーズ（実業之日本社）、「犯罪心理分析班・八木小春」シリーズ（KADOKAWA）、『ジャッジメント』『たぶん、出会わなければよかった嘘つきな君に』『市立ノアの方舟　崖っぷち動物園の挑戦』『たとえば、君という裏切り』（以上、祥伝社）、『君を一人にしないための歌』（大和書房）、『鉄道リドル　いすみ鉄道で妖精の森に迷いこむ』（小学館）がある。

沢木まひろ（さわき・まひろ）

一九六五年、東京都生まれ。青山学院大学文学部日本文学科卒業。二〇〇六年に『But Beautiful』で第一回ダ・ヴィンチ文学賞優秀賞を受賞、二〇一二年に『最後の恋をあなたと』（宝島社）で第七回日本ラブストーリー大賞を受賞。他の著書に、『44歳、部長女子。』『45歳、部長女子。』『46歳、部長女子。私たちの決断』『独りの時間をご一緒します。』『二十歳の君がいた世界』（以上、宝島社）、『きみの背中で、僕は溺れる』『もう書けません！ 中年新人作家・時田風音の受難』（以上、KADOKAWA）などがある。

志駕晃（しが・あきら）

一九六三年、千葉県生まれ。第十五回『このミステリーがすごい！』大賞・隠し玉として、『スマホを落としただけなのに』で二〇一七年にデビュー。他の著書に『ちょっと一杯のはずだったのに』『スマホを落としただけなのに　囚われの殺人鬼』『スマホを落としただけなのに　戦慄するメガロポリス』（以上、宝島社）、『あなたもスマホに殺される』（KADOKAWA）、『オレオレの巣窟』（幻冬舎）がある。

城山真一（しろやま・しんいち）

一九七二年、石川県生まれ。金沢大学法学部卒業。二〇一五年に『ブラック・ヴィーナス　投資の女神』で第十四回『このミステリーがすごい！』大賞を受賞。他の著書に『仕掛ける』『看守の流儀』（以上、宝島社）、『相続レストラン』（KADOKAWA）などがある。

Swind（スインド）

名古屋生まれ名古屋育ち名古屋在住。『異世界駅舎の喫茶店』（宝島社）にて第四回ネット小説大賞に入賞し、二〇一六年デビュー。二〇一八年『大須裏路地おかまい帖　あやかし長屋は食べざかり』（宝島社／神凪唐州名義）が日本ど真ん中書店大賞・ご当地部門第二位に選出。二〇一九年には『名古屋四間道・古民家バル』（新紀元社／神凪唐州名義）を刊行。また、漫画原作者としても活動しており、これまでに『異世界駅舎の喫茶店』（ＫＡＤＯＫＡＷＡ）、『うみゃーがね！　名古屋大須のみそのさん』（双葉社）を刊行している。このほか名古屋めし専門料理研究家としてレシピ本『でらうまカンタン！　名古屋めしのレシピ』（新紀元社）を刊行するなど、幅広く活動している。

蝉川夏哉（せみかわ・なつや）

一九八三年生まれ、大阪府出身。小説投稿サイト「小説家になろう」に投稿していた『邪神に転生したら配下の魔王軍がさっそく滅亡しそうなんだが、どうすればいいんだろうか』（アルファポリス）にて二〇一二年デビュー。二〇一四年には『異世界居酒屋「のぶ」』が第二回なろうコン大賞に入賞。同作は『ヤングエース』（ＫＡＤＯＫＡＷＡ）でのコミカライズに加え、宝島社でもスピンオフコミックが二本連載中。二〇一八年にはサンライズにてアニメ化され、二〇二〇年にはＷＯＷＯＷにてドラマ化が発表された。

高橋由太（たかはし・ゆた）

一九七二年、千葉県生まれ。第八回『このミステリーがすごい！』大賞・隠し玉として、『もののけ本所

深川事件帖　オサキ江戸へ』で二〇一〇年デビュー。他の著書に『神様の見習い　もののけ探偵社はじめました』（以上、宝島社）、『大江戸あやかし犯科帳　雷獣びりびり』（徳間書店）、『唐傘小風の幽霊事件帖』『ねこみせ、がやがや　大江戸もののけ横町顛末記』『神木町あやかし通り天狗工務店』『閻魔大王の代理人』（以上、幻冬舎）、『つばめや仙次　ふしぎ瓦版』『契り桜：風太郎江戸事件帖』（以上、光文社）、『ちょんまげ、ちょうだい　ぽんぽこ　もののけ江戸語り』『黒猫王子の喫茶店　お客様は猫様です』『作ってあげたい小江戸ごはん　たぬき食堂、はじめました！』（以上、KADOKAWA）、『もののけ、ぞろり』『新選組ござる』（以上、新潮社）、『斬られて、ちょんまげ　新選組!!!　幕末ぞんび』（双葉社）、『猫は仕事人』（文藝春秋）など多数。

塔山郁（とうやま・かおる）

一九六二年、千葉県生まれ。第七回『このミステリーがすごい！』大賞・優秀賞を受賞、『毒殺魔の教室』にて二〇〇九年デビュー。他の著書に『悪霊の棲む部屋』『ターニング・ポイント』『人喰いの家』『F　霊能捜査官・橘川七海』『薬も過ぎれば毒となる　薬剤師・毒島花織の名推理』『甲の薬は乙の毒　薬剤師・毒島花織の名推理』（以上、宝島社）がある。

友井羊（ともい・ひつじ）

一九八一年、群馬県生まれ。第十回『このミステリーがすごい！』大賞・優秀賞を受賞、『僕はお父さんを訴えます』にて二〇一二年デビュー。他の著書に『ボランティアバスで行こう！』「スープ屋しずくの謎解き朝ごはん」シリーズ（以上、宝島社）、『さえこ照ラス』『沖縄オバァの小さな偽証　さえこ照ラス』（以上、光文社）、『向日葵ちゃん追跡する』（新潮社）、『スイーツレシピで謎解きを』（集英社）、『魔法使いの願いごと』（講談社）、『映画化決定』（朝日新聞出版）、『無実の君が裁かれる理由』（祥伝社）などがある。

七尾与史（ななお・よし）

一九六九年、静岡県生まれ。第八回『このミステリーがすごい！』大賞・隠し玉として、『死亡フラグが立ちました！』で二〇一〇年にデビュー。他の著書に、『殺戮ガール』『僕はもう憑かれたよ』（以上、宝島社）、『ティファニーで昼食を　ランチ刑事の事件簿』（角川春樹事務所）、『ヴィヴィアンの読書会』（PHP研究所）、『歯科女探偵』（実業之日本社）、『死なせない屋』（朝日新聞出版）、「ドS刑事」シリーズ（幻冬舎）、「山手線探偵」シリーズ（ポプラ社）、「パリ3探偵　圏内ちゃん」シリーズ（新潮社）などがある。

柊サナカ（ひいらぎ・さなか）

一九七四年、香川県生まれ、兵庫県育ち、東京都在住。日本語教師として七年の海外勤務を経て、第十一回『このミステリーがすごい！』大賞・隠し玉にて、『婚活島戦記』（宝島社）で二〇一三年にデビュー。他の著書に「谷中レトロカメラ店の謎日和」シリーズ（宝島社）や『機械式時計王子の休日　千駄木お忍びライフ』（角川春樹事務所）、『二丁目のガンスミス』（ホビージャパン）などがある。

深沢仁（ふかざわ・じん）

第二回『このライトノベルがすごい！』大賞・優秀賞を受賞。『R.I.P. 天使は鏡と弾丸を抱く』にて二〇一一年デビュー。他の著書に『グッドナイト×レイヴン』『睦笠神社と神さまじゃない人たち』（以上、宝島社）、「英国幻視の少年たち」シリーズ（1〜6）、『この夏のこともどうせ忘れる』（以上、ポプラ社）、『Dear』（PHP研究所）などがある。

降田天（ふるた・てん）

鮎川颯と萩野瑛の二人からなる作家ユニット。第十三回『このミステリーがすごい！』大賞を受賞し、『女王はかえらない』（宝島社）で二〇一五年にデビュー。他の著書に『匿名交叉』（宝島社、文庫化に際して『彼女はもどらない』に改題）、『偽りの春　神倉駅前交番　狩野雷太の推理』（KADOKAWA、表題作「偽りの春」で第七十一回日本推理作家協会賞短編部門を受賞）などがある。

堀内公太郎（ほりうち・こうたろう）

一九七二年生まれ。三重県出身。第十回『このミステリーがすごい！』大賞・隠し玉として、『公開処刑人　森のくまさん』で二〇一二年にデビュー。他の著書に『公開処刑板　鬼女まつり』『だるまさんが転んだら』『公開処刑人　森のくまさん　―お嬢さん、お逃げなさい―』『既読スルーは死をまねく』（以上、宝島社）、『「ご一緒にポテトはいかがですか」殺人事件』（幻冬舎）、『スクールカースト殺人教室』『スクールカースト殺人同窓会』（以上、新潮社）、『タイトルはそこにある』（東京創元社）、『ゆびきりげんまん』（LINEノベル）

がある。

三好昌子（みよし・あきこ）

一九五八年、岡山県生まれ。第十五回『このミステリーがすごい！』大賞・優秀賞を受賞、『京の縁結び　縁見屋の娘』にて二〇一七年デビュー。他の著書に『京の絵草紙屋満天堂　空蟬の夢』、『京の縁結び　縁見屋と運命の子』『狂花一輪　京に消えた絵師』（以上、宝島社）、『群青の闇　薄明の絵師』（角川春樹事務所）、『幽玄の絵師：百鬼遊行絵巻』（新潮社）、『うつろがみ　平安幻妖秘抄』（ＫＡＤＯＫＡＷＡ）がある。

山本巧次（やまもと・こうじ）

一九六〇年、和歌山県生まれ。中央大学法学部卒業。鉄道会社勤務。第十三回『このミステリーがすごい！』大賞・隠し玉として、『大江戸科学捜査　八丁堀のおゆう』（宝島社）で二〇一五年にデビュー。同シリーズの他、著書に『開化鐵道探偵』（東京創元社）、『阪堺電車１７７号の追憶』（早川書房）、『軍艦探偵』（角川春樹事務所）、『江戸の闇風　黒桔梗　裏草紙』（幻冬舎）、『途中下車はできません』（小学館）、『希望と殺意はレールに乗って　アメかぶ探偵の事件簿』（講談社）などがある。

宝島社
文庫

3分で読める！　コーヒーブレイクに読む喫茶店の物語
（さんぷんでよめる！　こーひーぶれいくによむきっさてんのものがたり）

2020年 6 月18日　第1刷発行
2023年11月20日　第7刷発行

編　者　『このミステリーがすごい！』編集部
発行人　蓮見清一
発行所　株式会社 宝島社
〒102-8388　東京都千代田区一番町25番地
電話：営業 03(3234)4621／編集 03(3239)0599
https://tkj.jp
印刷・製本　中央精版印刷株式会社

ISBN 978-4-299-00101-6